KB114237

MAJOR LEAGUER

메이저리거

FUSION FANTASTIC STORY

강성곤 장편 소설

메이저리거 13

강성곤 장편소설

초판 1쇄 찍은 날 § 2016년 10월 20일
초판 1쇄 펴낸 날 § 2016년 10월 27일

지은이 § 강성곤
펴낸이 § 서경석

편집책임 § 김현미

펴낸곳 § 도서출판 청어람
등록번호 § 제387-1999-000006호
등록일자 § 1999. 5. 31
어람번호 § 제1-2547호

주소 § 경기도 부천시 원미구 부일로 483번길 40 서경B/D 3F (우) 14640
전화 § 032-656-4452   팩스 § 032-656-4453
http://www.chungeoram.com
E-mail § chungeorambook@daum.net

ⓒ 강성곤, 2015

ISBN 979-11-04-91011-1 04810
ISBN 979-11-04-90490-5 (세트)

MAJOR LEAGUER
메이저리거

FUSION FANTASTIC STORY

강성곤 장편 소설

13

[완결]

도서출판 청람

목차

제1장

클래스의 차이를 보여주다

　2011시즌 메이저리그 홈런 더비와 올스타전은 7월 11일과 12일 양일간, 애리조나 다이아몬드 백스의 홈구장, 체이스 필드에서 열리게 되었다.

　올스타전이 열리는 구장이 선택되는 기준은 간단했다.

　메이저리그에서는 1992년, 볼티모어의 캠든 야드 이후 지어진 구장들을 '뉴웨이브 구장'으로 일컬었는데, 메이저리그에서는 이런 신생 구장에 올스타전 개최의 우선권을 주고 있었다.

　그리고 올 시즌 올스타전 개최는 1998년에 창단한 디백스로서는 홈구장에서 개최하는 첫 번째 올스타전이기도 했다.

하지만 수많은 메이저리그의 팬에게 그런 경기 외적인 사실보다 중요한 것은 바로 올스타전이라는 하나의 무대에서 메이저리그를 대표하는 슈퍼스타들을 만날 수 있다는 것이었다.

　　올스타전은 경쟁의 의미보다는 축제에 더 가까운 개념이었기에 올스타전을 찾은 팬들의 사인 공세나 기자들의 인터뷰 요청에도 선수들은 편안한 마음으로 흔쾌히 응해주는 경우가 많았다.

　　그리고 이번 올스타전에서 가장 핫한 선수는 누구에게 물어도 한 선수의 이름이 가장 먼저 나올 정도였다.

　　"꺄아아악!"

　　"강! 여기 좀 봐줘요!"

　　'강'이라는 부름에 무심코 고개를 돌렸던 태성은 팬들의 시선이 자신이 아닌 다른 곳으로 향해 있는 것을 보고는 부끄러움에 고개를 신경질적으로 돌리고 말았다.

　　'망할 놈.'

　　팬들이 부른 것은 태성이 아니라 바로 민우였다.

　　"여기요! 여기도 있어요!"

　　"저랑 사진 한 번만 찍어줘요!"

　　"꺄아아악!"

　　민우는 팬들의 요구를 하나하나 들어주며 시종일관 미소를 잃지 않았다.

익숙한 동작으로 공에 사인을 해 던져 주고, 팬들이 건넨 유니폼에 사인을 해주고, 스마트폰을 건네받아 단체 셀카를 찍는 등, 팬 서비스에 충실한 모습이었다.

그렇게 확실하게 팬서비스를 해주고 자신의 자리로 돌아오는 민우의 모습에 홈런 더비에서 민우의 배팅볼 투수로 나서게 된 기븐스가 신기하다는 듯한 눈빛을 보냈다.

"너, 올스타전 처음 아니지?"

"아뇨. 처음인데요?"

"보통 올스타전에 처음 출전한 선수들은 아무리 베테랑이라도 긴장하고 흥분한 모습을 보이게 마련인데… 넌 전혀 그런 모습이 보이질 않는단 말이지."

기븐스의 말에 민우가 피식 웃으며 고개를 저었다.

"모두를 위한 축제인데 떨 필요가 있나요. 그냥 즐기면 되는 거죠."

민우의 대답이 그럴싸했기에 기븐스도 그저 고개를 끄덕이고는 홈런볼을 입속으로 털어 넣었다.

그렇게 잠시 입속을 채운 홈런볼을 음미하던 기븐스가 옆을 힐긋 바라보고는 입을 열었다.

"그나저나, 한국에서도 강 씨 성을 가진 사람들은 야구를 다 잘해?"

"예?"

민우가 그게 무슨 뚱딴지같은 소리냐는 듯한 반응을 보이자 기븐스는 고갯짓으로 맨 끝 자리를 가리켰다.

민우의 시선도 자연스럽게 그곳으로 향했고, 곧 그 자리에 팔짱을 낀 채 앉아 있는 태성을 발견하고는 '아' 하는 표정을 지어 보였다.

"한국에 강이라는 성을 가진 사람이 몇 명인 줄 알아요?"

민우의 지나가는 듯한 물음에 기븐스의 관심은 태성에서 민우에게로 돌아갔다.

"몇 명인데?"

"100만 명이 좀 안 되던가?"

민우의 입에서 나온 100만이라는 숫자에 기븐스가 조용히 입을 다물었다.

*　　　*　　　*

―…모두 축제를 즐길 준비가 되셨나요?

"와아아아아!!"

"예에에에!!"

장내 아나운서의 흥에 겨운 멘트에 체이스 필드를 찾은 관중들이 일제히 환호성을 내뱉었다.

홈런 더비에 참여하는 선수들뿐만 아니라 동료를 응원하기 위해 찾아온 많은 선수가 박수를 치고, 몸을 들썩이며 흥을 돋우고 있었다.

―…메이저리그 홈런 더비에 코리안 메이저리거가 출전한 것은 빅 초이 이후로 처음인데요. 놀라운 점은 한 명이 아니라 무려 두 명이 동시에 출전을 했다는 점입니다.

―두 선수의 출전은 모두 실력으로 이루어 낸 것이라는 점이 고무적인데요. 강민우 선수는 전반기에만 무려 48개의 홈런을 때려내면서 압도적인 모습을 보였고요. 강태성 선수는 메이저리그 진출 첫 해임에도 20개의 홈런을 기록하며 자신의 펀치력을 자랑하고 있습니다.

―특히 강민우 선수는 올스타 투표에서 무려 약 1,200만 표를 얻으며 올스타전 최다 득표 기록을 새로 썼습니다.

―누가 '기록 파괴자'가 아니랄까봐, 올스타전 득표 기록마저도 갈아치웠군요. 하하!

―자 이제, 홈런 더비가 시작되는데요. 첫 번째 주자로 나서는 타자는 카디널스의 간판 타자, 할러데이입니다.

―할러데이는 올 시즌 14개의 홈런을 기록하며…….

총 8명의 타자 중 태성은 6번째 주자로, 민우는 마지막 8번째 주자로 예정이 되어 있었다.

순식간에 10개의 아웃 카운트가 채워지고, 다음 타자가 타석에 들어서며 홈런 더비의 1라운드는 빠르게 진행됐다.

그리고 6번째로 태성이 타석에 들어서자 사방에서 다시 한 번 환호성과 박수가 쏟아져 나왔다.

태성은 그 환호성을 당연하다는 듯 받아들이며 천천히 배트를 들어 올렸다.

─올 시즌, 초반에는 리그에 적응하지 못하는 모습을 보이며 부진한 모습을 보였던 강태성 선수입니다. 하지만 한 달의 적응 기간을 끝으로 완벽히 부활에 성공하면서 20개의 홈런을 날렸거든요.

─한국에서도 그 펀치력으로 유명세를 떨쳤던 강태성 선수는 과연 1라운드에서 몇 개의 홈런을 날릴 수 있을지! 바로 그 첫 번째 공! 쳤습니다!

따아악!

태성은 영이 던져준 첫 번째 공에 벼락같이 배트를 내돌렸다.

좌중간 방면으로 큼지막하게 떠오른 타구를 따라 외야에 흩어져 있던 어린이들이 글러브를 들고 쫓아가는 모습이 보였다.

하지만 곧 펜스를 훌쩍 넘어서 사라지는 타구에 다음 공으로 관심을 돌렸다.

'좋아. 바로 이 맛이야! 느낌이 너무 좋아!'

태성은 하늘 높이 뻗어가던 타구가 펜스를 훌쩍 넘어가는 모습에 씨익 웃음을 보였다.

공을 던져준 영 역시 태성이 만족스러운 미소를 보이자 덩달아 환한 미소를 보이며 다음 공을 준비했다.

─아~ 아웃 카운트 10개가 모두 채워지며 강태성 선수의 타격이 종료됩니다. 총 16개의 홈런을 쏘아 올린 강태성 선수인데요. 아드리안 곤잘레스 선수의 9개를 뛰어넘어 1위로 올라섭니다.

턱을 타고 주르륵 흘러내리는 땀방울이 태성이 얼마나 힘을 쏟았는지를 알려주는 듯했다.

태성의 뒤를 이어 7번째 주자로 나선 바티스타는 겨우 4개의 홈런을 쏘아 올리는 데 그치며 시즌 31홈런이라는 기록이 무색하게 1라운드 탈락을 확정지었다.

그리고 마지막 8번째 주자인 민우가 천천히 타석에 들어섰다.

—이번 홈런 더비에서 가장 기대가 되는 선수죠?

　—예. 전반기에만 무려 48개의 홈런포를 쏘아 올리는 괴력을 보이며 그 어떤 선수도 넘볼 수 없는 기록을 써 내려가고 있는 강민우 선수가 마지막 주자로 들어섭니다.

　—자! 첫 번째 공! 쳤습니다! 아~ 조금 빗맞은 것 같네요. 멀리 뻗지 못하고 어린이들 사이로 떨어집니다.

　첫 번째 공을 넘기지 못한 민우가 연이어 두 번째 공마저 넘기지 못하며 2아웃을 채우는 모습에 태성은 '그럼 그렇지' 하는 표정과 함께 비릿한 웃음을 보였다.

　'역시 저 녀석의 성적은 내셔널리그에서의 플루크일 뿐이야.'

　하지만 태성이 그런 생각에 잠긴 사이 민우는 기븐스에게 가볍게 고개를 끄덕여 보였다.

　기븐스는 민우의 오케이 사인에 고개를 끄덕이고는 편안하게 공을 뿌리기 시작했다.

　슈우욱!

　따아악!

　3번째 공 만에 처음으로 경쾌한 타격음이 체이스 필드를 타고 울려 퍼졌다.

　그리고 완전히 크게 떠오른 그 타구에 모두가 3번째 아웃 카운트가 채워지리라 생각했다.

하지만 타구는 떨어질 듯, 떨어질 듯, 떨어지지 않으면서 그대로 펜스를 넘어가 경기장 밖으로 사라져 버렸다.

"헐……."

"와우!"

"파워가 장난이 아닌데?"

민우의 타석을 관전하던 선수들은 놀란 표정을 짓고, 황당한 웃음을 보이고 있었다.

임팩트 있는 한 방의 홈런은 앞서 민우가 날린 2번의 플라이를 완전히 잊어버리게 만들었다.

그리고 팔짱을 낀 채 앉아 있던 태성은 너무나 놀란 나머지 자리에서 벌떡 일어난 채, 멍하니 입을 벌리고 있었다.

'이런 미친?'

태성은 머리를 망치로 한 대 맞은 것만 같은 충격에 순간적으로 정신을 차릴 수가 없었다.

하지만 곧 고개를 내저으며 애써 현실을 부정했다.

'흥. 우연이야. 분명 우연일거야. 치라고 던져 주는 공인데 장외 홈런을 때릴 수도 있지, 그럼.'

태성은 자존심을 세우려는 듯, 애써 현 상황을 부정했다.

하지만 그렇게 현실 부정을 해선 안 된다는 듯, 민우의 배트는 계속해서 불을 뿜었다.

따아악!

따아아악!

따아악!

따아악!

마지막으로 크게 솟아오른 타구가 워닝 트랙 바로 앞에서 아이들의 글러브로 빨려 들어갔다.

─길고 길었던 강민우 선수의 타석이 마침내 끝이 납니다. 무려 29개의 홈런포를 날리며 1라운드부터 다른 선수들을 완전히 압도하는 모습인데요.

─특히나 고무적인 것은 모든 타구를 높이 날려 보냈다는 것입니다. 라인드라이브의 궤적을 그리는 타구가 하나도 없었고, 전부 높은 포물선을 그리며 날아갔는데요. 일부러 그런 것인지는 알 수 없지만, 긴 체공 시간을 가지면서도 29개나 펜스를 넘기면서 자신의 펀치력을 자랑했습니다.

─그리고 홈런 더비 1라운드 최고 기록인 해밀턴의 28개를 뛰어넘는 29개의 홈런을 기록하며 이 부문에서 새로운 기록을 세웁니다!

무려 29개의 타구를 날려 보냈음에도 민우의 턱에는 겨우 땀 몇 방울만이 흘러내릴 뿐이었다.

민우가 자리로 돌아오자 홈런 더비 참가 선수들이 일제히 박수를 치며 민우에게 찬사의 말을 건넸다.

"이런 미친 홈런은 또 처음 봤어. 정말 대단한데?"

"라인드라이브 타구가 하나도 없던데, 어떻게 그런 거야? 의도적으로 그런 거라면 그 배트 컨트롤, 정말 존경할 수밖에 없겠어."

"얼굴 뽀얀 것 좀 봐. 난 벌써 근육이 쑤시는데, 얼마나 편하게 타격을 하는 거야?"

그렇게 선수들이 화기애애한 분위기를 만들고 하나씩 자리로 돌아간 뒤, 태성이 민우에게 말을 걸었다.

"우리 민우 후배가 실력이 꽤 대단한데?"

그 말은 칭찬의 의미였지만, 태성의 목소리는 이상하게 거슬리게 느껴졌다.

민우는 그런 느낌에 고개를 살짝 갸웃거렸지만, 피식 웃으며 대수롭지 않게 넘겨 버렸다.

"태성 선배님도 파워가 일품이시더군요. 보면서 절로 고개가 끄덕여졌습니다. 다음 2라운드에서도 멋진 홈런, 기대하겠습니다."

"그래, 그래야지. 그런데 어차피 결승이 진짜니까. 여기서 벌써 힘 뺄 필요는 없잖아?"

말을 꺼낸 태성의 얼굴에는 그저 웃음이 만연해 있었다.

하지만 웬만큼 둔한 이가 아니라면 은연중에 민우의 홈런 쇼를 비하하고 있다는 것을 어렴풋이 느낄 수 있었다.

하지만 그런 느낌에도 민우 역시 마주 웃으며 고개를 끄덕였다.

"예. 미리 힘 뺄 필요는 없죠."

민우가 자신의 말에 수긍하는 모습을 보이자 태성이 속으로 비웃음을 날렸다.

'훗. 멍청한 놈. 이게 무슨 뜻인지 이해하지도 못……'

태성은 민우의 입가에 자리한 여유로운 미소가 눈에 띄게 거슬렸다.

그리고 그 의미를 깨닫는 순간, 태성의 주먹이 꽉 쥐어졌다.

'하. 이 당돌한 놈이. 그러니까 힘을 뺀 적이 없다… 이 말인 거야?'

그러고 보니 자신과 달리 민우는 수건으로 땀을 훔치지도 않았다.

역으로 놀림을 받았다는 생각에 태성이 억지웃음을 지으며 몸을 휙 돌렸다.

민우는 그런 태성의 뒷모습을 지그시 바라보다가 곧 자신의 자리로 되돌아갔다.

"무슨 얘기했어?"

홈런볼을 먹고 있던 기븐스의 물음에 민우가 가볍게 미소를 지었다.

"저보고 대단하다고, 결승에서 만나길 바란다더군요."

"허허. 우리 민우가 대단하기는 하지? 그런데 저 녀석, 결승까지는 올 수 있는 거야?"

"뭐, 벌써부터 힘을 뺄 필요 있냐는 말을 하던데요?"

민우의 말에 기븐스가 태성을 힐긋 바라보고는 고개를 갸웃거렸다.

"그래? 전혀 그래 보이지는 않는데……."

민우는 그런 기븐스의 반응에 피식 웃어 보일 뿐이었다.

2라운드에 진출한 4명의 타자 중, 곤잘레스와 카노는 각각 4개의 홈런밖에 때려내지 못하며 탈락을 확정지었다.

2라운드에서 태성은 다시 한 번 10개의 홈런포를 쏘아 올리며 자신의 펀치력을 과시했다.

하지만 민우가 마치 그를 놀리듯, 다시 한 번 16개의 홈런을 쏘아 올리는 괴력을 보이며 관중들의 격한 환호를 받았다.

태성은 분하다는 듯, 땀을 닦던 수건으로 얼굴을 가린 채 이를 악물고 있었다.

─와~ 강민우 선수의 파괴력은 정말 대단합니다. 그리고 이쪽 부문에서도 기록이 하나 있죠?

―예. 단일 더비 최다 홈런 기록인데요. 2005년에 바비 어 브레유 선수가 총 41개의 홈런을 때려내면서 이 기록을 소유하고 있습니다.

―바로 그 기록이 2라운드가 채 끝나기도 전에 깨어지고 말았습니다. 강민우 선수가 1, 2라운드 도합 45개의 홈런을 쏘아 올리며 이 부문 최고로 올라서게 됩니다. 하하!

―이제 3라운드에서 홈런을 때릴 때마다 그 기록은 새로 갱신이 되겠습니다.

3라운드에 진출한 두 명의 타자가 모두 코리안 메이저리거라는 점에 특히 한국의 팬들이 놀라움을 감추지 못했다.

그리고 결과가 어느 정도 보이면서도, 혹시나 반전이 일어나지는 않을까 하는 기대를 가진 채, TV 중계 화면을 뚫어져라 쳐다보기 시작했다.

잠깐의 휴식이 지나가고, 이온 음료를 몇 모금 마신 태성이 자리에서 일어나 천천히 타석으로 향했다.

'지금부터가 진짜라고.'

이미 그 몸의 근육들이 비명을 지르고 있었지만, 태성은 절대로 지고 싶은 생각이 없었다.

한국에서 항상 최고를 자부해 왔던 그였기에 민우에게 지는 것을 용납할 수 없었다.

슈우욱!

따아악!

태성은 영의 공을 처음부터 강하게 끌어당겼고, 그 타구는 라인드라이브의 궤적을 그리며 펜스를 가볍게 넘어갔다.

초구부터 홈런을 날리며 여전한 펀치력을 자랑하는 태성의 모습에 아메리칸리그의 선수들이 일제히 박수를 치며 그를 응원했다.

그렇게 한 개, 한 개의 타구가 넘어갈 때마다 체이스 필드에는 가벼운 환호성이 울려 퍼졌다.

따악!

배트로 공을 퍼 올리는 순간, 손을 타고 울리는 짜릿한 느낌에 태성이 미간을 찌푸렸다.

그리고 빗맞은 타구는 외야의 중간까지도 가지 못한 채, 그대로 그라운드로 내려앉았다.

태성은 그럼에도 만족스러운 표정으로 몸을 돌렸다.

태성은 민우가 자신을 바라보고 있는 모습에 피식 웃어 보였다.

'네 녀석이 아무리 날고 기어도 15개를 때려내는 건 쉽지 않을 거다.'

이미 1라운드를 거치며 선수들의 힘은 꽤나 빠진 상태였다.

여기에 민우는 2라운드에서도 많은 홈런을 때려냈기에 3라운드에서는 괴물이 아닌 이상 힘이 빠졌으리라는 판단을 하고 있었다.

─강태성 선수의 홈런 더비 결승전 홈런 기록은 15개에서 마감됩니다.

─힘이 많이 빠진 상태에서도 라인드라이브 타구를 계속 생산해 내며 1라운드보다 한 개가 모자란 15개를 때려내는 투혼을 선보인 강태성 선수였습니다.

─자, 이제 마지막 차례에 임하기 위해 강민우 선수가 타석으로 들어섭니다.

"킹 캉! 킹 캉!"

"갓민우! 갓민우!"

"까짓것 전부 날려 버려요!"

민우의 팬들은 민우의 차례가 다가오자 응원 문구가 적힌 플래카드를 들어 올리며 연신 민우의 이름을 연호했다.

태성은 그것이 마음에 들지 않는다는 듯, 잠시 귀를 후비적거렸다.

하지만 그 표정이 경악으로 바뀌는 데는 그리 오랜 시간이 걸리지 않았다.

따아악!

기븐스가 던져 준 공에 민우의 배트가 매섭게 돌아갔고, 낮은 라인드라이브의 궤적을 그리며 날아간 타구는 그대로 관중석으로 파고들며 그 모습을 감췄다.

—쳤습니다!! 쭉쭉 뻗어서 넘어~~ 갑니다!!

—아웃 카운트를 하나도 늘리지 않은 채, 정확히 15개의 홈런을 때려내는 강민우 선수! 와~ 정말 감탄을 금할 수가 없습니다!

—어마어마한 집중력을 보이고 있는 강민우 선수! 이미 홈런 더비 승리는 확정적입니다!

해설자들은 흥분한 목소리로 이런 경우는 없었다는 둥, 역대급의 기록이 나왔다는 둥의 말을 덧붙이며 민우에게 찬사를 아끼지 않았다.

홈런 더비를 지켜보는 관중들이나 양 리그를 대표하는 올스타로 뽑힌 선수들마저 민우의 홈런이 하나하나 터질 때마다 큼지막한 환호성을 지르며 민우를 응원했다.

단 한 명, 태성만이 무섭게 굳어진 표정으로 주먹을 꽉 쥐고 있을 뿐이었다.

'이건… 이건 말도 안 돼. 분명, 분명 무슨 약을 한 거야. 그렇지 않고서는 이런 말도 안 되는 일이 일어날 수가 없다고!'

괴물이 아닌 이상 15개 이상의 홈런을 때려낼 수 없을 것이라고 생각했던 태성이었다.

하지만 지금 민우가 보이는 모습은 괴물, 그 이상이었다.

'분명 한국에서는 2군에서도 쩌리 수준이라고 했는데… 도대체… 도대체 이게 어떻게 된 일이야!'

한국에서 최고는 항상 자신이었다.

모두가 자신을 칭송했고, 자신의 줄에 서기 위해 아부를 아끼지 않았다.

그리고 그들을 보듬는 것이야말로 태성의 역할이었다.

하지만 미국으로 넘어오면서 모든 것이 달라졌다.

'강'이라는 외침이 향하는 곳은 자신이 아니라 민우를 향하는 것이었다.

카메라가 없는 곳이었다면 모든 것을 다 때려 부수고 싶을 정도로 황당하면서도 분노가 치밀었다.

그렇게 축제를 즐기지 못하는 태성을 제외하고 모두가 축제의 현장에서 환호성을 내지르며 새로운 기록의 탄생을 축하했다.

〈강민우, 홈런 더비에서 도합 70개의 홈런을 기록하며 우승! 이 부문 최고 기록 갈아치워. 강태성은 2위.〉

〈'킹 캉' 강민우, 홈런 더비 우승! 코리안 더비에서 강민우가 먼저 1승 챙겨, 내일 열릴 올스타전에서 진검 승부.〉

하나같이 모든 기사가 민우를 칭송하고 태성이 2위를 한 것을 강조하고 있었다.

한국인 타자가 홈런 더비에서 1, 2위를 모두 차지했다는 점은 한국인들에게 몹시 자랑스러운 일이었다.

하지만 태성에게만큼은 2위라는 자리가 무의미하게 느껴지고 있었다.

그리고 그런 기사들이 자신을 모독하는 것이 아닌가 하는 착각까지 하고 있었다.

벌컥벌컥.

쨍그랑!

태성이 정체를 알 수 없는 용액을 마시고 남아 버린 빈 병을 신경질적으로 던져 버렸다.

'부족해. 이거로는 부족하다고. 젠장……'

태성의 본능은 부족한 무언가를 채우기를 바라고 있었고, 마지막 남은 이성의 끈은 선을 넘지 말 것을 요구하고 있었다.

그렇게 고민에 휩싸인 채, 태성은 잠을 제대로 자지 못한 채 날이 밝아올 때까지 계속해서 뒤척거림을 멈추지 못했다.

*   *   *

올스타전.

내셔널리그와 아메리칸리그를 대표하는 슈퍼스타들이 한자리에 모여 자신들을 뽑아준 팬들을 위해 경기를 펼치는 축제였다.

하지만 축제라는 이름 뒤에는 정규 리그 뒤에 펼쳐질 월드시리즈에서 홈 어드밴티지를 가져가기 위한 치열한 접전이 숨어 있었다.

홈런 더비가 완전한 흥미 위주의 게임이라면 올스타전 본게임은 우승권에 속한 팀의 선수들이 승리에 대한 열망을 불태우며, 어느 리그가 우세한지에 대한 자존심 싸움까지 포함된 큼지막한 이벤트라고 할 수 있었다.

그리고 우승권에 속한 다저스와 레인저스는 각각 홈 어드밴티지를 가져가기 위해 올스타전 우승을 노리고 있었다.

다저스를 대표해 출전한 선수들은 월드시리즈 2연패를 위해, 레인저스를 대표해 출전한 선수들은 월드시리즈 탈락을 설욕하기 위해 경기에 임했다.

하지만 우승권에서 일찌감치 떨어진 팀의 선수들은 그저 축제를 즐기는 것에 마음을 쏟고 있었다.

그리고 체이스 필드를 가득 메운 수많은 팬 역시 그저 자신들이 응원하는 선수가 최고의 활약을 보이는 모습을 보기 위해 기대에 찬 눈빛을 보낼 뿐이었다.

그렇게 각자의 생각을 품은 채, 올스타전이 시작되었다.

1회 초, 내셔널리그의 선발투수로 스타트를 끊는 영광을 안은 이는 필리스의 로이 할러데이였다.

할러데이는 땅볼 2개의 삼진 1개를 솎아내며 1회를 깔끔하게 마무리 지었다.

이에 질세라 아메리칸리그의 선발투수로 나선 에인절스의 위버 역시 삼진 1개, 직선타 1개, 땅볼 1개로 각각 타자들을 돌려세우며 제 역할을 다했다.

그 호투에 올스타전에서 내셔널리그의 선발 4번 타자 역할을 맡은 민우는 대기 타석에서 나서지 못한 채, 다음 공격을 기다려야 했다.

2회 초, 할러데이의 뒤를 이어 마운드에 오른 클리프 리가 아메리칸리그의 중심 타선을 맞아 초반부터 흔들리기 시작했다.

아메리칸리그 홈런 1위인 바티스타에게 2루타를 허용하더니 5번 타자로 나선 해밀턴에게 3루수 키를 살짝 넘기는 행운의 안타를 허용하며 무사 1, 3루를 허용하고 말았다.

─아~ 해밀턴의 빗맞은 타구가 크게 바운드가 되면서 3루수의 키를 훌쩍 넘어가며 행운의 안타가 만들어집니다. 클리프 리가 등판하자마자 흔들리며 위기를 맞았네요.

─역시 별들의 잔치가 아니랄까 봐 전반기 9승에 2.82의 방어율을 기록하고 있는 리그 최고 투수의 공도 가볍게 때려내는 모습인데요. 이제 다음 타자는 올 시즌 메이저리그 진출과 함께 레인저스의 타선의 한 축을 담당하고 있는 타자죠? 강태성 선수와 상대하겠습니다.

─현재 0.356으로 아메리칸리그 타율 1위를 달리고 있습니다.

타석에 들어서 발을 고른 태성이 배트를 들어 하늘을 가리키는 특유의 동작을 취해 보였다.

마치 한 방 날려 버리겠다는 듯한 그 자세에 아메리칸리그를 응원하는 팬들이 가볍게 환호성을 질렀다.

"날려 버려!"

"아메리칸리그의 힘을 보여주라고!"

"강민우에게 네가 더 잘났다는 걸 보여줘!"

태성은 그 환호성을 들으며 강렬하게 눈을 빛냈다.

'흥. 당연한 걸. 홈런 더비는 더비일 뿐. 실전에서는 내가 더 강하다고!'

홈런 더비는 배팅볼을 때리는 것과 마찬가지라는 태성의 생각은 변함이 없었다.

오히려 본 게임인 오늘, 만인의 앞에서 아메리칸리그의 리드를 잡는 홈런을 때려낸다면 어제의 패배를 만회할 수 있으리라는 생각을 하고 있었다.

그런 생각과 함께 마운드 위의 리를 바라본 태성이 미묘한 느낌의 미소를 지어 보였다.

평소라면 그런 미소가 상대 투수를 기분 나쁘게 만들 수도 있었다.

하지만 올스타전에서만큼은 그런 미소가 오히려 축제를 즐기는 모습으로 비춰졌기에 그 누구도 시비를 걸거나 비난을 날리지 않았다.

마운드 위의 리 역시 축제라는 생각 때문인지 그런 태성의 미소에 그리 신경을 쓰지 않은 채, 포수인 아빌라의 사인에 따라 투구를 하기 시작했다.

곧 리의 공이 한 구, 한 구씩 홈을 파고들었지만 태성의 배트는 쉬이 돌아 나오지 않았다.

입가에 지었던 미소와 달리, 태성은 신중한 표정으로 자신이 원하는 공을 기다리고 있었다.

'기필코 강민우의 머리 위로 날려 버린다!'

그 목표는 단 하나였다.

강민우를 넘어서는 것.

그 외에는 아무것도 생각하지 않고 있었다.

4개의 공이 뿌려지며 볼카운트는 2볼 2스트라이크가 되어 있었다.

그리고 5구가 뿌려지는 순간.

태성의 배트가 매섭게 돌아갔다.

딱!

'큭!'

하지만 그 의도와 달리, 태성의 배트 끝에 부딪힌 타구는 포수의 다리 사이로 튕겨 나가며 백스톱을 강타했다.

큼지막한 스윙에 크게 휘청거린 태성이 발을 강하게 디디며 힘겹게 중심을 잡았다.

목적에 너무 치중한 나머지, 낮은 체인지업에 속고 만 것이었다.

아빌라는 태성의 모습에 피식 웃으며 장난스런 말을 던졌다.

"어휴~ 무서워라! 너 힘센 거 아니까 살살하라고~"

태성은 순간 싸늘한 표정을 지었지만, 이내 입을 살짝 말아 올리며 그 말을 맞받아쳐 주었다.

"알았으니까 너무 쫄지 마."

그 말과 함께 배트로 아빌라의 무릎 보호대를 툭 치자 아빌라가 피식 웃으며 투수에게로 시선을 돌렸다.

태성 역시 천천히 고개를 돌려 투수 너머로 보이는 민우의 모습을 잠시 노려봤다.

글러브를 만지작거리며 타석을 바라보던 민우는 태성의 시선이 순간 날카롭게 변했다가 사라지는 것에 고개를 갸웃거렸다.

'아까부터 날 자꾸 노려보는 것 같은데……'

순간적으로 보였던 그 눈빛이 긍정적인 느낌이 아닌 듯했지만 다시 바라본 태성은 투수를 상대하는 데 집중하는 모습이었다.

민우는 어제 홈런 더비가 끝난 뒤, 태성이 보였던 표정을 잠시 떠올렸다.

축하의 멘트를 건네는 태성의 입은 웃고 있었지만 눈은 웃고 있지 않았다.

하지만 곧 고개를 저은 민우는 자세를 낮추며 수비에 집중했다.

그리고 동시에 타석에서 태성의 배트가 강한 울음을 터뜨렸다.

따아아악!

―퍼 올린 타구! 우중간! 멀리 갑니다! 강민우 선수가 빠르게 쫓습니다! 뒤로! 뒤로! 뒤로!!

그라운드를 타고 울리는 타격음과 함께 태성의 타구가 하늘 높이 떠올랐다.

그리고 민우의 시야에 붉은빛의 라인이 나타나며 우중간 방면으로 이어지는 큼지막한 포물선을 그렸다.

타다다닷!

민우는 라인이 나타남과 동시에 빠르게 스타트를 끊었고, 펜스 너머로 이어진 라인은 빠르게 가까워져 갔다.

우익수인 버크만도 빠른 속도로 펜스를 향해 달려오고 있었지만 민우의 무시무시한 스피드에 곧 속도를 줄이며 백업으로 돌아섰다.

곧, 가까워져 오는 펜스와 타구의 위치를 번갈아 확인하던 민우가 서서히 속도를 줄이며 타이밍을 잡아갔다.

그리고 타구가 펜스에 거의 다다른 순간, 민우가 펜스를 향해 점프를 했다.

탓!

펜스의 중간 부분을 발로 디딘 민우가 탄력을 붙여 펜스 위로 다시 한 번 힘껏 몸을 날렸다.

그리고 글러브를 낀 손을 하늘로 쭉 들어 올렸다.

모두의 시선이 그 움직임에 집중된 순간.

팍!

민우의 글러브에 태성의 타구가 빨려 들어가며 가죽이 울리는 소리를 내뱉었다.

―이 타구!! 그대로~ 넘어~ 가지 못합니다! 와우! 믿을 수가 없네요! 펜스를 구름판 삼아 크게 몸을 날린 강민우 선수가 홈런 타구를 그대로 걷어내 버립니다! 믿을 수 없는 슈퍼 캐치!

그라운드에 내려서는 순간, 공을 뽑아든 민우는 곧장 내야를 향해 공을 뿌렸다.

하지만 워낙에 깊은 타구였고, 방향도 좋지 않았던지라 3루 주자였던 바티스타는 가볍게 홈을 밟을 수 있었다.

하지만 1루 주자였던 해밀턴은 2루로 향하지 못한 채, 다시 1루로 되돌아가야만 했다.

―그사이 3루 주자는 홈을 밟으며 아메리칸리그가 먼저 한

점을 뽑아냅니다.

—아~ 정말 멋진 수비가 나왔어요. 내셔널리그에서 가장 완벽한 투수 중 한 명인 리 선수를 무너뜨릴 수 있었던 타구였는데요. 강민우 선수의 이 호수비 하나가 내셔널리그를 위기에서 구해냈습니다.

—하하. 정말 별들의 잔치라는 걸 새삼 깨닫게 해주는 너무나도 멋진 수비였습니다.

태성은 민우의 글러브에 공이 빨려 들어가는 모습을 보는 순간, 근육이 찌릿거리는 것을 느끼고는 미간을 와락 찌푸렸다.

"아까웠어."

여기에 1루로 빠르게 귀루 하던 해밀턴이 자신을 스쳐 지나가며 팔을 툭 치는 바람에 그 고통은 배가 되었다.

'젠장! 겨우 홈런 더비에서 배트 좀 휘둘렀다고 힘이 빠진 거야? 이 내가? 인정할 수 없어!'

겨우 두 번의 스윙에 근육통이 밀려오는 것을 태성은 인정할 수 없었다.

더군다나 다른 이도 아닌 민우에게 홈런을 스틸당했다는 것에 울분이 차올랐다.

'젠장! 빌어먹을!'

홈으로 돌아온 태성은 선수들과 손을 맞부딪히면서도 속으로 계속해서 욕설을 내뱉었다.

그리고 이런 울분은 2회 말, 내셔널리그의 공격이 시작되자마자 급격히 배가되었다.

따아아악!

"와아아아아!!"

"넘어간다아아!!"

깨끗한 타격음과 함께 큼지막하게 떠오른 타구에 체이스 필드가 환호성으로 뒤덮였다.

선두 타자로 나선 민우가 바뀐 투수인 로버트슨의 초구를 걷어 올렸다.

큼지막한 포물선을 그리던 타구는 태성이 날려 보냈던 바로 그 방향으로 날아가고 있었다.

아메리칸리그의 중견수 그랜더슨과 우익수 바티스타가 민우의 호수비를 재현하려는 듯, 미친 듯이 펜스를 향해 달려가는 모습을 보였다.

하지만 민우의 타구는 그런 호수비를 허락하지 않겠다는 듯, 펜스와 수 미터 이상 거리를 두고 넘어가며 체이스 필드에 자리한 수영장에 빠졌다.

풍덩!

수영장에 공이 빠지는 순간, 주변에 있던 관중들이 일제히 만세를 부르며 기쁨의 환호성을 내질렀다.

"예에에에에!!"

"우와아아!!"

몸을 날려 펜스 끝에 매달렸던 바티스타 역시 그 모습에 피식 웃음을 보이며 펜스에서 천천히 내려섰다.

—펜스를~ 넘어 갑니다! 체이스 필드의 명물, 수영장에 타구를 빠뜨리며 인상적인 홈런을 만들어내는 강민우 선수!

—아~ 올 시즌, 22.1이닝을 소화하며 단 하나의 피홈런도 허용하지 않았던 로버트슨인데요! 바로 지금, 올스타전에서 강민우 선수에게 초구 홈런을 허용하고 말았습니다! 스코어는 1 대 1. 경기는 다시 원점으로 돌아갑니다!

모두가 박수를 치며 즐거워할 때, 단 한 명만은 그 모습에 웃음을 지을 수가 없었다.

'도대체 왜! 저 녀석이 나보다 잘난 게 도대체 뭐냔 말이야!'

마치 자신을 놀리기라도 하는 것처럼, 자신이 타구를 날려 보냈던, 그리고 자신의 타구를 잡아냈던 바로 그 방향으로 타구를 날려 홈런을 만들어낸 민우의 모습은 태성을 화가 나게 만들고 있었다.

하지만 태성에게 그런 굴욕을 복수할 기회는 오지 않았다.

다음 타석에서 태성의 자리에 카브레라가 대타로 들어서며 태성은 자신의 커리어 최초 올스타전 출전을 전적 1타수 무안타로 초라하게 끝낼 수밖에 없었다.

민우 역시 다음 타석에서 필더와 교체가 되었지만 인상적인 홈런을 기록하며 첫 올스타전을 기분 좋게 마무리했다.

이날 경기는 민우를 대신해 들어간 필더가 스리런 홈런을 날리는 등, 내셔널리그가 일찌감치 승기를 잡았다.

그리고 결국 최종 스코어 5 대 1로 내셔널리그가 승리하면서 내셔널리그가 추후 열릴 월드시리즈의 홈 어드밴티지를 얻으며 올스타전이 마무리되었다.

*   *   *

배가 툭 튀어나온 남성이 옆에 놓인 맥주를 들이켜며 계속해서 채널을 돌렸다.

하지만 마음에 드는 방송이 나오지 않는다는 듯, 연신 채널을 돌리길 멈추질 않고 있었다.

그때, 주방이 있는 곳에서 젊은 여성의 약간은 신경질적인 목소리가 들려왔다.

"여보! 올스타전 끝났잖아! 끝나면 도와준다며! TV 좀 그만

보고 좀 와봐!"

채널을 돌리던 남성은 아내의 부름에 귀찮은 표정을 지으며 리모컨을 소파에 던졌다.

"네~ 네~ 지금 갑니다요."

삐딱한 뉘앙스의 대답과 함께 미적미적 몸을 일으킨 남성의 뒤로 TV 화면이 잡혔다.

뉴스 채널이 틀어져 있던 TV 화면에는 여러 대의 자동차가 반파된 모습과 함께 앵커의 목소리가 흘러나오고 있었다.

─올스타전이 끝난 뒤, 혼잡한 교통 상황에 사건 사고가 속출하고 있습니다. 신호를 위반한 덤프트럭이 5대의 차량을 연쇄 추돌하여 9명이 다치고 2명이 사망하는 사고가 일어났는데요. 이중 한 차량은 미국반도핑 기구 소속으로 메이저리그 올스타전에 참가한 선수들의 도핑 테스트를 마치고 돌아오는 길에 사고를 당해 차량이 반파되며 조수석에 탑승하고 있던 검사관 중 한 명이 중태에 빠졌습니다. 또, 이 사고로 도핑검사를 위해 채취한 시료들이 대부분 유실된 것으로 알려졌습니다. 사고 원인은 덤프트럭의 브레이크 파열로 인핸 제동 실패로 자세한 원인은 추가적인 조사……

아무도 보지 않는 TV에서는 그렇게 사고에 대한 소식이 계속해서 흘러나왔다.

다음 날.

도핑 검사관의 차량이 사고로 반파되었다는 소식은 선수들에게도 빠르게 전해졌다.

대부분의 선수들은 그 소식에 안타까움을 드러내며 사고 피해자들의 쾌차를 기원했다.

태성 역시 그 소식을 들으며 선수들과 함께 애도를 표했다.

하지만 훈련이 끝난 뒤, 숙소로 돌아온 태성은 언제 그랬냐는 듯, 모처럼 만에 환한 표정을 지으며 시원하다는 듯한 웃음을 터뜨렸다.

"하하하하! 하늘이 나를 돕는구나!"

마치 다른 사람인 것처럼, 큰 웃음을 보이는 모습은 누군가 보았더라면 큰 충격에 빠질 정도로 반전의 모습이었다.

그렇게 기쁨을 표하던 태성의 표정에 약간의 아쉬움이 묻어나왔다.

"하, 그래도 아쉬운걸. 강민우, 그 자식도 분명 약을 했을 텐데. 어떻게 지금까지 피해갈 수 있었던 거지? 녀석도 브로커가 힘을 쓰고 있는 건가?"

태성은 지금껏 도핑 검사에 충실히 임했고, 단 한 번도 도핑에 적발된 적이 없었다.

방법은 간단했다.

도핑 검사관들은 도핑 검사를 위해 방문 전, 주차장 이용을 위해 주차장 관리인에게 미리 통보를 보낸다는 것을 이용한 것이었다.

몇몇 브로커는 메이저리그 각 구장의 주차장 관리인과 모종의 계약을 맺고 결탁을 하고 있었고, 도핑검사관이 방문을 위해 주차권을 요청하면, 곧장 계약을 맺은 브로커들에게 그 사실을 알려주고 뒷돈을 받는 것이었다.

관리인에게 소식을 들은 브로커들은 곧장 그 사실을 선수들에게 통보하고, 통보를 받은 선수들은 그 시점부터 도핑을 중단하며 검사까지의 시간을 버는 것이었다.

운이 나쁘다면 그 시간이 부족해 도핑에 걸릴 수도 있었지만 도핑 물약의 종류에 따라, 또 투약 한계치를 넘기지 않는 한 이런 방법은 대체로 잘 먹히는 편이었다.

하지만 이번 올스타전에서는 무슨 연유인지 브로커에게 연락이 오지 않았고, 불시에 방문이 이루어졌기에 미처 대비를 할 수 없었다.

하마터면 선수 인생이 끝날 뻔한 상황이었기에 태성은 곧장 브로커에게 연락을 취했다.

"미스터 패트릭! 도대체 이게 어떻게 된 일입니까? 하마터면 내 선수 생명이 오늘 끝날 뻔했잖습니까!"

태성의 약간은 흥분과 분노가 섞인 목소리가 속사포처럼 쏘아졌지만 수화기 너머로 들려오는 목소리에는 여유가 넘쳤다.

―아아. 강 선수. 이번 일은 미안하게 됐습니다. 도핑 검사관들이 불시에 방문을 하리라고는 예상하지 못했습니다. 지금 어떻게 된 것인지 빠르게 알아보고 있으니 확인이 되는 대로 연락을 드리겠습니다.

미안하다는 말과는 달리 미안한 감정이 거의 느껴지지 않는 유들유들한 태도로 이야기하는 패트릭의 말에 태성이 미간을 가볍게 찌푸렸다.

"앞으로 또 이런 일이 생기지 말라는 법이 없지 않습니까? 미스터 패트릭. 제가 왜 큰돈을 들이면서 당신과 계약을 맺었는지를 잊지 않았으면 좋겠군요."

태성의 고압적인 태도에도 브로커, 패트릭은 여전히 유들유들한 태도를 고수했다.

하지만 그가 내는 목소리는 아주 조금은 낮게 가라앉아 있었다.

―흠… 그럼 하나만 묻지요. 강 선수. 어제의 그 사고, 혹시 우연이라고 생각하십니까?

잠시 그 말을 이해하지 못하던 태성은 순간 온몸에 소름이 돋는 느낌을 받았다.

'설마 그 사고가… 이 녀석이?'

태성이 아무런 말이 없자 패트릭은 나지막한 웃음소리를 내며 말을 이어갔다.

―하하. 방금 전의 말은 농담입니다.

태성은 순간 자신이 놀림을 당했다는 생각에 이를 빠드득 물었다.

"지금 그딴 걸 농담이라고……"

하지만 태성이 말을 채 끝내기도 전에 패트릭의 나지막한 목소리가 수화기 너머에서 들려왔다.

―강 선수. 저는 제가 할 수 있는 선에서 최선을 다하고 있습니다. 물론 이번 일은 저도 미처 예상하지 못한 일이었습니다. 그래서 당신의 고압적인 태도도 이렇게 감수하고 있고 말입니다. 하지만 하나는 확실히 해두어야 할겁니다.

태성에게 생각할 시간을 주려는 듯, 잠시 뜸을 들인 패트릭이 천천히 말을 이어갔다.

―저는 당신에게 고용된 것이 아니라 당신과 계약을 맺은 관계라는 것을 말입니다. 동반자. 그래, 당신과 저는 동반자입니다.

태성은 패트릭의 말에 나지막이 헛웃음을 터뜨렸다.

'동반자? 하! 내가 주는 돈으로 연명하는 주제에 무슨!'

하지만 그런 생각을 함부로 입 밖으로 꺼낼 수는 없었다.

태성 역시 머리가 돌아가는 이상, 현 상황에서 입을 나불대는 것이 자신에게 불리하다는 것 정도는 잘 알고 있었기 때문이다.

만약 패트릭이 머리가 회까닥 돌아서 자신의 이름을 입 밖으로 꺼내는 순간, 그날로 자신은 선수 생명뿐 아니라 인생의 종착역에 도달하는 것이었다.

태성이 헛웃음만을 터뜨린 채, 아무런 말도 하지 못하는 것에 만족했다는 듯, 패트릭은 예의 가식적인 목소리로 돌아와 있었다.

—동반자라는 말의 의미는 저만큼 강 선수도 잘 알고 계시리라 믿습니다. 앞으로 그런 고압적인 태도는 보이지 않기를 부탁드리겠습니다. 그럼, 결과가 나오는 대로 다시 연락을 드리죠. 그동안은 투여량을 지금보다 3분의 1로 줄이시면 경기가 끝날 때쯤이면 모든 수치가 정상으로 나타날 겁니다.

"크흠. 알겠습니다. 빠른 연락을 기다리겠습니다."

태성은 불편한 목소리를 내고는 곧장 전화를 끊었다.

"젠장! 감히 브로커 짓이나 하는 주제에 뭐? 동반자? 으아아아!"

쾅!

태성은 괴성과 함께 손에 쥐고 있던 스마트폰을 그대로 벽에 던져 버렸다.

강한 충격을 받은 스마트폰의 액정에 거미줄처럼 금이 쫙 생기며 제 모습을 잃어버리고 말았다.

잠시 그렇게 씩씩거리던 태성이 이내 침대에 털썩 주저앉으며 얼굴을 감싸 쥐었다.

'젠장, 빌어먹을. 나한테 돈이나 받아먹는 주제에⋯ 건방진 소리를 지껄여!'

그리고 곧 태성의 손은 얼굴에서 다시금 욱신거리기 시작한 팔뚝으로 옮겨졌다.

평소라면 진작에 없어졌을 통증이 계속해서 태성을 괴롭히고 있었다.

'크으. 이건 또 왜 이러는 거야? 안 그래도 짜증나는데! 젠장.'

패트릭으로 인해 솟아나기 시작한 분노의 화살은 곧 모든 일의 원흉이락 생각하는 민우에게로 향했다.

'네놈, 네놈만 없었더라면⋯⋯.'

잠시 그렇게 부들거리던 태성이 벌떡 일어나 굳게 닫힌 금고로 향하더니 곧 금고의 문이 열렸다.

금고 안에는 같은 모양을 한 병이 수십 개가 들어 있었다.

태성은 신경질적으로 그중 하나의 병을 꺼내 들었다.

띠리링!

순간, 태성이 조금 전에 집어 던졌던 스마트폰이 힘겹게 소리를 내며 화면을 밝혔다.

그 모습에 태성의 움직임이 순간 멈칫했다.

태성이 집어 던져 망가진 스마트폰은 패트릭과 연락을 하는 용도로만 사용하는 것이기 때문이었다.

태성은 잠시 병을 내려놓은 채, 바닥에 널브러져 있던 스마트폰을 집어 들었다.

그러자 깨진 액정 사이로 패트릭이 보낸 문자가 보였다.

패트릭: 2일 뒤, DCO.

짤막한 몇 개의 단어였지만 태성은 무슨 말인지 알고 있다는 듯, 미간을 와락 찌푸렸다.

그러고는 손에 들고 있던 병을 부서질 듯 움켜쥐더니 다시 금고에 넣었다.

도핑 검사관이 방문한다고 해서 그 대상이 꼭 태성이라는 법은 없었다.

하지만 확률이 0이 아닌 이상, 조심해야 하는 것은 변함이 없었다.

더군다나 어제와 같은 일이 또 일어나지 말라는 법은 없었다.

패트릭의 말대로 어제의 불시 방문의 원인을 파악하기 전까지 한동안 투약을 중단하거나 양을 줄여야 했다.

하지만 태성은 위험하다는 것을 알면서도 쉽사리 도핑의 양을 줄여야겠다는 생각을 할 수 없었다.

이미 그 자신이 시즌을 치르며 약의 효과를 몸소 느끼고 있기 때문이었다.

약의 효과는 너무나 압도적이었다.

타율과 장타율이 거의 1할 가까이 상승했고 OPS는 2할이 넘게 상승했다.

메이저리그로 넘어온 뒤, 리그의 수준 차이가 분명하다는 것을 깨달았다.

하지만 패트릭이 자신에게 접근해 온 뒤 내민 새로운 약은 리그 수준 차이의 간극을 완전히 메우고도 넘칠 정도였다.

'강민우. 그 녀석도 분명 이 약의 힘으로……'

그런 생각이 다시금 들었지만 인정하고 싶지 않았다.

패트릭에게 민우에게도 이 약을 공급하고 있냐고 물었지만, 그는 다른 고객에 대해서는 아무런 정보도 줄 수 없다는 말로 대답을 해주지 않았다.

태성은 자신이 사용하는 약보다 더 좋은 약이 있다고 생각했지만, 패트릭은 태성이 사용하는 약이 최신의 것이며 현존하는 것 중 최고의 효과를 내는 약이라고 했다.

돈을 더 주겠다고 회유하기도, 협박을 해보기도 했지만 패트릭은 초지일관 변함이 없었다.

결국 태성이 할 수 있는 것은 이 약의 복용량을 늘리는 것 뿐이었다.

정량을 넘기면 문제가 생길 수도 있다는 패트릭의 경고는 어느새 뒷전으로 밀려나 있었다.

민우가 미친 듯한 활약을 보일 때마다, 지금껏 살아오며 겪어보지 못했던 열등감이 물밀 듯 밀려왔다.

태성에게 그 열등감은 도저히 인정할 수 없는 것이었다.

지금 당장 다시 투약을 시작하고 싶었지만, 패트릭의 문자를 무시하는 것은 멍청한 짓이었다.

하지만 이틀 뒤, 검사관이 다녀간 뒤에는 이야기가 달라졌다.

'분명 어제의 일은 우연일 거야. 검사관이 예고 없이 방문하는 일은 앞으로 없을 거야. 지금도 패트릭이 일정을 알아서 연락을 해왔잖아.'

한 번 일어난 일이 두 번 일어나지 말라는 법은 없었다.

조심성이 많은 사람이라면 충분히 예상할 수 있었다.

하지만 갈 길이 급한 태성의 마음속에는 그런 조심성보다 성적이라는 욕망이 더 크게 자리를 잡고 있었다.

태성은 시간이 빨리 흘러가기만을 손꼽아 기다렸다.

이틀 뒤, 올스타전에서의 도핑 대상자들이 모두 검사를 받았다.

그리고 2주 뒤, 메이저리그 홈페이지에 도핑 검사 결과가 게시되었다.

〈올스타전 출전 선수 도핑 검사 전원 통과. 약물 청정 지역을 위한 메이저리그의 노력이 빛을 내다!〉

단 한 선수도 도핑에 적발되지 않은 것에 메이저리그의 팬들은 자랑스러운 마음을 가지고 있었다.

하지만 이런 검사 결과를 순진한 모습으로 마냥 믿고 있는 이들만이 있는 것은 아니었다.

이미 과거 약물 파동으로 홍역을 치렀던 메이저리그였기에 뒤쪽에서는 약물을 근절하기 위한 움직임이 끊임없이 이루어지고 있었다.

제2장

기록을 파괴하는 자

올스타 브레이크 이후.

후반기 일정은 빠르게 진행되기 시작했다.

그리고 그런 후반기의 이슈 중, 가장 핫한 것은 민우의 홈런 행진이었다.

2001년 본즈가 단일 시즌 홈런 신기록인 73개 홈런포를 쏘아 올린 이후, 그 누구도 60홈런의 벽을 넘은 적이 없었다.

지난 시즌, 바티스타가 54개의 홈런포를 쏘아 올리며 본즈 이후 최고의 홈런왕에 오르며 정말 오랜만에 50홈런 고지를 넘어선 타자가 나타났지만 60홈런에는 한참이나 모자란 수치였다.

하지만 지난 시즌, 혜성처럼 나타나 다저스를 월드시리즈 우승으로 이끈 민우는 모두에게 70홈런 고지를 다시 한 번 넘어설 타자라는 기대감을 심어주었다.

그리고 그 기대에 걸맞게 올 시즌, 초반부터 폭발하기 시작한 민우의 홈런 행진은 그 끝을 모르고 계속해서 이어지고 있었다.

이미 전반기 48개의 홈런포를 쏘아 올리며 순식간에 50홈런 고지에 다다랐던 민우였다.

올스타전 홈런 더비에서 무시무시한 파괴력을 보인 이후, 투수들의 견제는 더욱 심해졌지만 민우의 홈런 행진을 막을 수는 없었다.

지난 시즌보다 더욱 발전된 타격 실력으로 수시로 홈런을 쏘아 올리며 60홈런 고지를 가뿐히 넘기더니 9월 2일부터 치러진 브레이브스와의 3연전에서 3경기 연속 홈런을 때리며 70홈런 고지에 올라섰다.

하지만 민우는 여기서 멈출 생각이 없다는 듯, 질주를 멈추지 않았다.

그리고 9월 9일, 자이언츠 원정 첫 번째 경기에서 기어코 일을 내고 말았다.

9월 9일.

자이언츠의 홈구장인 AT&T 파크에는 자이언츠의 팬들이 만든 주홍빛의 물결이 춤을 추고 있었다.

하지만 경기장을 가득 메운 자이언츠 팬들의 표정은 그리 밝지만은 않았다.

오늘부터 3연전을 치러야 할 상대와 자신들의 팀의 관계가 그리 긍정적이지만은 않은 현실 때문이었다.

무거운 공기를 뚫고 이곳저곳에서 불안한 듯한 목소리들이 흘러나왔다.

"하아, 왜 이렇게 떨리는 거지."

"우리… 오늘 이길 수 있겠지?"

"지구 1위를 위해선 오늘에야말로 다저스를 무너뜨려야해."

"하지만 그게 가능할까?"

"벌써 9월 초인데… 녀석들과 승수가 전혀 좁혀지질 않고 있잖아."

"도대체 다저스가 언제부터 이렇게 커진 거야?"

"그건… 역시 그 녀석 때문이지."

"하아, 우리도 또 다른 강을 데려올 기회가 있었잖아."

"멍청한 수뇌부가 돈이 아깝다고 데려오질 않았지. 결국 그 녀석은 레인저스에서 벌써 40홈런을 때렸고."

"우리는 산도발이 겨우 18홈런을 때리고 있을 뿐이고?"

"그리고 그 결과가 바로 지금 이 꼴이네. 하아… 우리 구단주는 우승에 관심이 없는 것 같아."

그들의 관심사는 단 두 가지였다.

먼저 첫 번째는 지구 우승이었다.

전날의 승리로 서부 지구의 영원한 라이벌인 LA다저스는 90승 고지를 넘어 어느새 92승을 기록하며 일찌감치 지구 우승을 눈앞에 둔 상태였다.

그리고 그 뒤를 이어 샌프란시스코 자이언츠가 84승을 기록하며 다저스를 쫓고 있었다.

하지만 모든 전문가들은 자이언츠가 서부 지구 우승을 차지할 확률은 몹시 희박하다고 평가하고 있었다.

올 시즌, 자이언츠 타선은 지난 시즌 3명의 20홈런 타자 중 한 명이었던 유리베의 다저스 이적으로 힘의 공백이 생겼고, 나머지 한 명이었던 허프의 노쇠화로 그 공백은 더욱 커지고 말았다.

여기에 준수한 펀치력을 가졌던 버렐의 노쇠화, 토레스의 부진과 함께 주전 포수였던 포지마저 심각한 부상으로 시즌 아웃을 당하며 타선이 완전히 무너지고 말았다.

이 외에도 거의 모든 타자들이 부상과 부진을 겪는 바람에 투수진의 선전에도 점수를 내지 못해 지는 일이 부지기수였다.

이런 상황이었기에 1, 2, 3, 4선발이 모두 10승을 찍었음에도 그만큼 패배를 많이 기록하며 승수를 쌓을 기회를 날려먹고 말았다.

그리고 올 시즌 잔여 경기는 이제 20경기가 채 남지 않은 상황이었다.

더욱이나 이런 상황에 팀 상황까지 좋지 못한 마당이니 8경기라는 큰 차이를 뒤집는 것은 다저스가 앞으로 남은 경기에서 연전연패를 당하는 기적이 일어나야 가능할 만한 일이었다.

하지만 다저스가 현재까지 기록하고 있는 승률은 무려 6할을 훌쩍 뛰어넘고 있었다.

메이저리그 전체를 통틀어 다저스와 함께 6할을 넘는 팀은 양키스와 필리스, 단 두 팀에 불과했다.

그마저도 다저스는 그들과 3푼 이상의 차이를 보이며 멀찍이 앞서가고 있었다.

이런 상황에서 자이언츠 팬들이 바라는 기적이 일어날 확률은 더욱 희박하다고 할 수 있었다.

그런 생각에 미치자 그들의 관심은 지구 우승보다 눈앞에 닥친 위기에 더욱 쏠릴 수밖에 없었다.

시즌 72개의 홈런을 기록하고 있는 민우가 바로 오늘, 2004년부터 깨어지지 않은 불멸의 기록, 배리 본즈의 73홈런 기록에 도전한다는 것이었다.

앞으로 남은 경기에서 새로운 기록이 만들어지는 것은 거의 확실해 보였다.

하지만 어제 치러진 내셔널즈와의 경기에서 홈런을 추가하지 못하며 그 공은 자이언츠에게로 넘어오고 말았다.

그리고 그 사실이 자이언츠 팬들의 가슴을 더욱 졸이게 만들고 있었다.

"하필이면 왜 오늘 73번째 홈런에 도전하는 거야? 도대체 왜!"

"에휴… 야구의 신도 우릴 버린 거지. 하필이면 우릴 상대로 우리 홈구장에서, 그것도 우리 팀 소속으로 본즈가 기록했던 73홈런을 넘어서기 위한 도전을 한다는 거… 이거 짜고 친다고 해도 이렇게 만들기는 힘들 것 같지 않아?"

"심지어 강민우 등 번호도 73번이야."

"으으. 소름 돋아."

"구단주도 우릴 버리고, 야구의 신도 우릴 버리는구나."

"자이언츠는 끝났어."

그렇게 여기저기서 깊고도 우울한 한숨이 터져 나왔다.

"벌써부터 포기하면 어쩌자는 거야. 우리 선발진이 그래도 리그 톱 급이잖아. 어쩌면 이번 시리즈에서 강민우를 막아낼지도 몰라."

한 팬의 외침에 다른 이들도 무겁게 고개를 끄덕였다.

"그건 그렇지."

"그렇기는 한데……."

그들도 분명히 알고 있었다.

자이언츠의 선발 투수진은 비록 타선의 붕괴로 승수는 낮을지언정, 그 투구 내용만큼은 그 누구에게도 지지 않았다.

하지만 그보다 더 큰 산이 바로 눈앞에 있었다.

'강민우는 보통의 수준이 아니잖아…….'

'메이저리그 최고의 타자라고…….'

팬들의 눈에 잠시 자리 잡았던 희망은 다시금 절망으로 바뀌어가고 있었다.

그렇게 팬들의 우울함으로 가득 찬 AT&T 파크에서 다저스의 자이언츠 원정 첫 번째 경기가 시작되었다.

1회 초, 자이언츠의 선발투수로 나선 선수는 자이언츠의 에이스, 린스컴이었다.

슈우욱!

딱!

팍!

"아웃!"

린스컴은 첫 타자인 고든을 2루수 앞 땅볼로 돌려세우며 가볍게 첫 번째 아웃 카운트를 잡아냈다.

전력 질주를 한 탓에 가볍게 숨을 고르며 더그아웃으로 돌아온 고든이 민우의 옆에 털썩 주저앉으며 고개를 젖혔다.

"아아아. 어렵다, 어려워. 안타 치기 어려워~"

고든의 목소리에는 약간의 답답함이 묻어나고 있었다.

9월 로스터 확장과 함께 메이저리그에 합류한 고든은 마이너리그에서 이를 단단히 간 듯, 연일 맹타를 휘두르며 메이저리그 무대에 빠르게 적응하는 모습을 보이고 있었다.

고든은 승격 이후 31타수 16안타로 0.516의 고타율을 유지하고 있었고, 이에 체력이 떨어진 캐롤을 대신해 주전 유격수로 투입되고 있었다.

하지만 초반 돌풍에 비해 최근 3경기에서 10타수 1안타로 고전하는 모습을 보이고 있었다.

그런 고든의 모습을 바라보는 민우는 그저 가볍게 웃음을 보일 뿐이었다.

"뭐가 그렇게 어려운데?"

민우의 아무렇지도 않은 듯한 물음에 고든이 고개를 들어 민우를 바라봤다.

"보면 몰라? 최근 3경기에서 10타수 1안타라고. 아니 조금 전까지 하면 4경기 11타수 1안타네. 아이고."

고든은 그 말과 함께 머리가 아프다는 듯 손으로 머리를 감싸 쥐며 나지막한 비명을 질렀다.

민우는 그저 그 모습이 우습다는 듯 잠시 그를 바라보더니 고든이 빼먹은 사실을 이야기해 주었다.

"에이. 그럼 21타수 15안타라는 기록은 누가 세운 건데? 너 아니야?"

"물론 그것도 내가 세운 건 맞지. 하지만 계속 이런 식이라면 메이저리그에 남을 수 없을 거야."

"너무 초조해하지 마."

"초조해하지 않게 네 능력 좀 떼어달라니까. 넌 1할 정도는 떨어져도 티도 안 나잖아."

민우의 말에 고든이 민우의 손을 붙잡고 간절한 표정을 지어 보였다.

민우는 그런 고든의 모습에 고개를 절레절레 흔들 수밖에 없었다.

"쯔쯔. 넌 어째 마이너리그에서랑 변한 게 하나도 없냐."

민우의 말에 고든 역시 피식 웃으며 힘없이 고개를 푹 숙였다.

그사이 2번 타자로 나선 로니가 삼진을 당하며 두 번째 아웃 카운트가 채워졌다.

그 모습을 잠시 바라본 고든이 민우를 바라보며 입을 열었다.

"저 녀석, 오늘 구위가 장난이 아니던데. 오늘 기록 세울 자신 있어?"

고든의 목소리에는 약간의 우려가 담겨 있었다.

민우의 등 번호가 73번인 이유는 과거, 민우와의 허심탄회한 대화를 통해서 어느 정도 알고 있었다.

그리고 민우의 아버지가 이 세상에 없다는 것도 알고 있었다.

민우의 아버지가 꿈꾸던 기록이고, 이제는 민우의 꿈이 되어버린 기록이 바로 본즈의 73홈런을 뛰어넘는 것이었다.

그래서일까.

빠르게 72홈런을 기록했던 민우의 배트가 지난 경기에서는 조금 무뎌진 느낌이 들었다.

'다른 기록이랑은 받아들이는 게 다를 테니, 어쩔 수 없이 신경이 쓰이는 거겠지.'

자신이 괜한 질문을 한 것인가 뒤늦게 후회를 하려던 고든은 잠시 뒤 들려온 민우의 목소리에 이내 놀란 표정을 지어 보였다.

"기왕 기록을 세울 거면, 그 기록이 세워진 이곳에서 새로운 기록을 세우는 게 좋지 않겠어?"

아이러니하게도 2001시즌, 마지막 경기에서 본즈에게 73번째 홈런을 내어준 팀이 바로 LA다저스였고, 역사적인 기록이 세워진 곳은 바로 지금, 경기가 열리고 있는 AT&T 파크였다.

그리고 대기록의 제물이 되었던 LA다저스가 이젠 자이언츠에게 새로운 기록의 제물이 되도록, 그 기록의 주인을 바꾸도록 요구하고 있었다.

그리고 그 역사적인 무대에 오를 주인공이 바로 민우였다.

"크으~ 역시 우리 민우네! 우리 민우야!"

고든은 그런 민우의 대답에 반했다는 듯, 민우의 어깨에 팔을 감싸며 환한 미소를 지었다.

민우는 그런 고든과 마주 웃어준 뒤, 마운드 위의 린스컴에게로 시선을 돌렸다.

'린스컴에게 만들어낼 수만 있다면 더할 나위 없이 좋겠지.'

에이스 투수에게 뽑아내는 홈런만큼 강렬한 인상을 주는 것은 없었다.

더군다나 지구 경쟁자인 자이언츠였기에 그들의 추격을 떨쳐내려면 이번 시리즈의 결과도 꽤나 중요하다고 할 수 있었다.

"스트라이크 아웃!"

하지만 오늘 린스컴의 구위는 쉽게 홈런을 내어줄 정도로 약해 보이지 않았다.

'붙어보면 알겠지.'

민우는 그런 생각과 함께 빠르게 글러브를 챙겨 수비 위치로 달려 나갔다.

양 팀 에이스의 맞대결로 시작된 경기는 1회 말, 자이언츠가 먼저 균형을 깨뜨렸다.

두 명의 타자를 연속 삼진으로 돌려세우며 위용을 보인 커쇼의 앞에 자이언츠의 3번 타자, 벨트란이 들어섰다.

커쇼는 특유의 미간을 찌푸린 표정으로 자신의 투구를 이어나갔다.

슈우욱!

팡!

"스트라이크!"

"스트라이크!"

두 개의 공이 연속으로 스트라이크존을 파고들며 순식간에 노 볼 2스트라이크 상황이 만들어졌다.

자이언츠 팬들은 1회 공격이 허무하게 끝나리라는 예상과 함께 그리 기대에 찬 눈빛을 보내지 않고 있었다.

그리고 커쇼의 팔이 강하게 휘둘러지며 3구가 뿌려졌다.

슈우우욱!

커쇼의 손을 떠난 공은 크게 떠올랐다가 급격하게 떨어져 내리는 커브의 궤적을 그렸다.

동시에 벨트란이 배트를 강하게 내돌렸다.

따아아악!

큰지막한 타격음과 함께 온 힘을 실었다는 듯 그 몸이 크게 휘청거렸다.

동시에 하늘 높이 떠오르는 타구에 AT&T 파크를 가득 메운 모든 이들이 자리에서 일어나 환호성을 내질렀다.

"우와아아아아!!"

"넘어가라아아아!!"

완전히 당겨 친 타구였고, 그 힘이 제대로 실린 타구였기에 민우가 좌익수였더라도 손을 쓸 수 없을 정도의 홈런이 나왔다.

마치 '우리는 너희에게 지지 않는다'라고 시위라도 하는 듯한 홈런에 기가 눌려있던 자이언츠 팬들의 분위기는 빠르게 살아나기 시작했다.

하지만 그런 분위기도 잠시.

슈우욱!

팡!

"스트라이크 아웃!"

4번 타자인 산도발을 삼구삼진으로 돌려세우는 커쇼의 포스에 자이언츠 팬들의 환호성은 순식간에 잦아들었다.

그리고 2회 초, 4번 타자로 선발 출전한 민우가 천천히 타석으로 들어섰다.

대기록이라는 이름의 무게 때문일까.

타석에 들어서는 민우를 바라보는 주심의 표정은 그 어느 때보다 굳어져 있었다.

자이언츠의 포수로 나선 스튜어트 역시 민우에게 트래시 토크를 내뱉는 등의 불편한 행동을 일체 하지 않은 채, 조용히 눈알만을 굴릴 뿐이었다.

자이언츠의 팬들 역시 숨을 죽인 채, 민우의 일거수일투족을 바라보기 시작했다.

민우는 그런 모두의 시선을 온몸으로 받으며 조용히 배터박스의 바닥을 골랐다.

그리고 천천히 배트를 들고 자세를 잡는 민우의 모습에 주심이 경기의 재개를 알렸다.

그리고 린스컴이 스튜어트와 사인 교환을 마치는 모습에 민우도 조금씩 집중력을 끌어 올렸다.

메이저리그의 모든 팬이 이 시간만큼은 TV의 채널을 돌려 다저스와 자이언츠의 경기를 시청하고 있었다.

그 관심을 드러내듯, 다저스와 자이언츠 경기의 순간 시청률은 슈퍼볼 중계방송과 맞먹을 정도로 가파르게 상승했다.

모두의 관심은 자이언츠가 과연 과거의 LA다저스처럼 정면 승부를 할 것인지, 기록의 희생양이 되지 않기 위해 사구 작전을 펼칠 것인지에 쏠려 있었다.

그리고 린스컴의 손에서 공이 뿌려진 순간.

모두의 입이 쩍 하고 벌어졌다.

슈우욱!

린스컴의 손에서 쏘아진 96마일짜리 패스트볼이 스트라이크존의 한 가운데를 순식간에 파고들었다.

'정면 승부?'

린스컴의 과감한 선택에 살짝 놀란 것도 잠시.

그와 동시에 민우가 강하게 스트라이드를 내디뎠고, 그 뒤를 따라 배트가 매섭게 돌아 나왔다.

따아아악!

린스컴을 향해 박수를 치며 휘파람을 불고 있던 자이언츠의 팬들이 일순 경악한 표정으로 높이 떠오른 타구를 바라봤다.

공을 뿌렸던 린스컴 역시 크게 움찔거리며 좌측으로 뻗어가는 타구를 멍하니 바라보고 있었다.

하지만 공을 때려낸 민우는 1루로 향하지 않은 채, 제자리에서 타구를 바라보고 있었다.

좌익수 방면으로 뻗어가던 타구가 점점 크게 휘어지기 시작하더니 폴대를 아슬아슬하게 스치며 펜스를 넘어갔다.

타구가 떨어진 곳의 근처에 있던 관중들은 서로 경쟁이라도 하듯, 가볍게 몸싸움을 벌이며 공을 차지하기 위해 인파의 사이에서 헤엄을 치고 있었다.

그 애매한 타구에 관중들은 홈런이 아닌가 싶은 마음에 모두가 3루심을 두근거리는 눈빛으로 쏘아봤다.

하지만 타구의 결과를 제일 먼저 판단한 것은 타구를 날려 보냈던 민우였다.

'벗어났어.'

투심 패스트볼이 민우의 판단보다 조금 더 크게 휘어지는 바람에 그 타구가 좌측으로 뻗어나간 것이었다.

민우의 생각과 함께 3루심이 양팔을 들어 올리며 민우의 타구가 폴대를 벗어났다는 판정을 내렸다.

그 모습에 자이언츠의 팬들이 일순 안도의 한숨을 내쉬는 것이 민우의 귀에까지 들려올 정도였다.

그 심정이 이해가 되었기에 가볍게 미소를 지은 민우였다.

하지만 곧, 민우의 눈빛이 매섭게 빛나기 시작했다.

─아, 자리에서 벌떡 일어날 정도로 정말 큼지막한 타구였는데요. 아슬아슬하게 폴대를 벗어나며 파울로 선언되었습니다. 후우. 정말 심장이 떨리는 순간이었습니다.

─저도 정말 놀랐습니다. 린스컴의 방금 그 공은 정말로 위험하면서도 또 과감한 공이었거든요. 치라고 주는 것 같으면

서도 그 휘어지는 각이 예리하면 예리할수록 타자가 정타를 날리기는 더더욱 어려운 공인데요. 그만큼 스스로의 공에 자신이 있다는 것이기도 하겠지만, 이 공 하나로 알 수 있는 것은 자이언츠가 기록에 대한 도전에 정면으로 부딪히기로 결심했다는 것입니다.

─그럼 고의 사구는 없을 거라는 말씀이시죠?

─예. 잠시 옛날이야기를 꺼내보자면, 사실 과거 본즈에게 71호부터 73호까지 홈런을 내어주었던 팀이 바로 다저스라는 건 모두 아시는 사실일 겁니다. 특히 본즈 이전, 맥과이어가 기록하고 있던 70홈런 기록을 뛰어넘는 71호 홈런을 내어준 선수가 바로 강민우 선수의 출신국인 한국의 레전드 투수, 박찬오 선수라는 점도 알고 계실 겁니다.

─아! 기억납니다. 분명 2구째 패스트볼을 그대로 걷어 올렸었죠.

─예. 다저스는 기록의 희생양이 되지 않기 위해 고의 사구를 남발하는 대신, 기록을 존중하는 태도로 과감한 정면 승부를 택했고, 박찬오 선수는 말씀하신 대로 2구째 패스트볼을 통타당하며 결국 신기록을 내어주고 말았습니다.

─당시 베이커 감독은 경기가 끝난 뒤, '그들은 그에게 던졌다(They pitched to him)'며 본즈와 정면 승부를 택한 LA다저스와 박찬오 선수에게 존경을 표했었죠.

―사실 본즈는 그 이전 치러진 휴스턴 3연전에서 볼넷만 8개를 얻었을 정도이니 다저스가 비록 기록을 내어주었을지언정, 진정한 스포츠 정신을 보였다고 할 수 있겠습니다.

해설자들의 사설을 뒤로한 채, 모두의 조마조마한 시선이 다시금 린스컴과 민우의 대결에 쏠렸다.

린스컴은 포수의 사인에 연달아 고개를 저었다.

그 모습에 스튜어트가 빠르게 머리를 굴렸다.

'녀석의 조금 전 스윙을 보면 다시 빠른 공을 뿌렸다간 통타를 당하겠지만……'

그 머릿속에는 린스컴이 올 시즌 던졌던 구종과 투구 수, 피안타율, 피장타율, 피홈런 등의 정보가 빠르게 떠올랐다 가라앉고 있었다.

린스컴이 가장 믿는 공은 불같은 포심 패스트볼이었고, 그런 자신감을 바탕으로 가장 좋은 성적을 보이고 있었다.

스튜어트는 잠시 가볍게 한숨을 내쉬었다.

'그래. 결국 공을 뿌리는 건 투수니까.'

그런 생각과 함께 선택권을 린스컴에게 넘겨주었다.

그리고 그런 선택과 함께 피홈런에 대한 기록의 무게도 린스컴에게 넘겨주었다.

누군가 보았다면 비겁하다 생각할 수도 있었지만, 그만큼 본즈의 홈런 기록은 자이언츠 선수들에겐 그 어떤 기록보다 무거운 기록이라고 할 수 있었다.

공을 넘겨받은 린스컴은 곧장 자신의 팔에 손가락을 올리고 사인을 내기 시작했다.

분위기가 묘하게 돌아가는 것을 본능적으로 느낀 민우는 린스컴의 행동에 가볍게 미소를 지었다.

'직접 사인을 낸다라. 린스컴의 도전적인 성격상 더더욱 피할 일은 없겠지.'

린스컴이 기록에 정면으로 부딪히는 만큼, 민우도 자신이 할 수 있는 모든 것을 뽑아내 최선을 다해줄 생각이었다.

할 수 있는 모든 것을 하지 않는 것은 최선을 다하는 상대에 대한 모욕이었다.

민우는 곧장 아껴두었던 하나의 스킬을 발동시켰다.

'초감각!'

지잉!

[초감각의 효과가 적용됩니다.]

[파워와 정확 능력치가 30% 상승합니다.]

[체력이 50 소모됩니다.]

순간적으로 힘이 빠져나가는 느낌도 잠시, 온몸으로 차오르는 넘쳐나는 힘과 함께 주변의 모든 움직임이 하나하나 느껴지기 시작했다.

민우는 그런 감각을 모두 린스컴이 손에 쥔 공으로 집중시켰다.

곧, 와인드업 자세를 취한 린스컴이 역동적인 스트라이드와 함께 온몸을 비틀며 강하게 공을 뿌렸다.

슈우우욱!

린스컴의 혼신의 힘을 다해 뿌린 공은 순식간에 허공을 가르며 홈을 향해 파고들었다.

동시에 타이밍을 맞추며 들썩거리던 민우의 앞다리가 강하게 앞으로 내디뎌졌다.

그리고 민우가 힘껏 모은 체중을 담은 배트가 매서운 비명을 지르며 크게 휘둘러졌다.

따아아악!

직전보다 더욱 큼지막한 타격음과 함께 민우의 배트에서 쏘아진 타구가 밤하늘로 솟아오르기 시작했다.

너무나도 높이 떠오른 타구는 계속해서 뻗어오를 기세를 보이며 센터 필드의 하늘을 가르며 날아가기 시작했다.

공을 뿌린 뒤, 크게 휘청거린 린스컴이 빠르게 몸을 돌려 센터 필드를 바라봤다.

그리고 그를 시작으로 포수인 스튜어트가 자리에서 일어서고, 양 팀 더그아웃의 선수들이 난간에 매달려 타구를 쫓는 모습이 보였다.

AT&T 파크를 가득 메운 자이언츠의 팬들은 타구를 쫓아 전력으로 달려가는 중견수, 크리스티안을 간절한 시선으로 바라봤다.

"잡아!!"

"넘어가게 놔두지 마!"

"달려! 달려!"

사방에서 들려오는 외침에 크리스티안은 하필이면 이쪽으로 타구를 날려 보낸 민우에게 원망의 감정을 품었다.

'망할! 이걸 어떻게 잡으라고!'

펜스가 코앞에 다다랐지만 타구는 아직도 한참 위에서 떨어지고 있었다.

마치 민우를 흉내라도 내듯, 크리스티안이 펜스를 디디며 몸을 띄웠지만 거기까지였다.

텅!

들려오지 않았으면 하고 바랐던 그 소리와 함께 관중들이 좌절한 목소리가 들려왔다.

"아아……."

"결국 맞고 말았어."

"아시아 꼬맹이한테 타이기록이라니!"

"본즈의 기록이 깨지는 것도 이젠 시간문제야."

그리고 그 목소리가 크리스티안의 마음을 더욱 무겁게 만들고 있었다.

—넘어~ 갑니다! 강민우 선수의 동점 홈런! 이 홈런으로 시즌 73호 째를 기록하며 2001년부터 무려 10년 가까운 시간 동안 그 누구도 넘보지 못했던 본즈의 73홈런 기록에 타이기록을 만듭니다!

—정말 믿을 수가 없습니다! 린스컴의 낮게 제구된 97마일짜리 포심 패스트볼이었는데요. 절묘하게 제구된 이 공을 정말 엄청난 스윙으로 퍼 올리며 기어코 홈런을 만들어냈습니다. 아~ 자이언츠 팬들의 표정이 너무나도 슬퍼 보입니다. 그들의 가슴이 찢어지고 있는 소리가 이곳까지 들리는 듯합니다. 하지만 아직 끝난 것이 아닙니다. 이제 겨우 2회 초일 뿐입니다. 과연 오늘 경기에서 새로운 기록이 나올 것인지, 계속 지켜봐 주시기 바랍니다!

만약 이곳이 다저스타디움이었다면 폭죽쇼와 함께 꽃가루가 휘날렸을지도 몰랐다.

하지만 자이언츠의 홈인 AT&T 파크에는 무거운 정적만이 흐르며 간간히 기록에 경의를 표하는 몇몇 이들의 박수 소리만이 들려올 뿐이었다.

홈 플레이트를 밟은 민우가 하늘을 바라보며 양손 검지를 뻗어 보였다.

'하나 남았습니다, 아버지.'

그리고 그 모습을 수많은 기자가 플래시를 터뜨리며 카메라에 담았다.

등 번호 73번이 정면으로 보이는 민우의 세레머니를 찍은 사진은 훗날 민우의 자서전 표지를 장식했다.

더그아웃에서 민우를 기다리며 그 모습을 바라보던 고든은 괜스레 코끝이 찡해지는 느낌에 빠르게 코를 문질렀다.

그렇게 강렬한 순간이 지나간 뒤, 린스컴은 다저스의 5, 6, 7번 타자를 연속 범타로 돌려세우며 한숨을 돌릴 수 있었다.

하지만 해설자의 말대로 자이언츠의 위기는 여기서 끝이 아니었다.

이제 겨우 첫 번째 타석이 지나갔을 뿐이었다.

그리고 민우의 타석은 앞으로 최소 3번 이상은 남아 있었다.

자이언츠의 팬들은 이젠 경기의 승패에 완전히 관심을 끊은 채, 부디 이 3연전에서 새로운 기록이 다시 쓰이지 않기를 바라고 또 바랐다.

하지만 그런 그들의 바람이 깨어지는 것은 그리 먼 일이 아니었다.

　린스컴은 민우에게 홈런을 맞은 것을 제외하고는 연속해서
호투를 이어나가고 있었다.
　그렇게 4회 초.
　타순이 한 바퀴를 돌아 다시금 민우의 차례가 다가오고 있
었다.
　린스컴은 2번 로니와 3번 켐프를 상대하며 자신의 구위를
점검했다.
　그리고 삼진 2개라는 최고의 결과를 얻어내며 다시 한 번
자신감을 끌어 올렸다.
　'로니도, 켐프도, 내 공에 배트를 가져다대지도 못했어. 분
명 강민우도 잡아낼 수 있어. 아니, 잡아내야 한다.'
　2아웃 상황에서 타석에 들어서는 민우를 보며 린스컴이 다
시 한 번 다짐을 되새겼다.
　어떤 타자든 잡아낼 수 있다는 자신감이 그를 지금의 자리
까지 이끌고 온 것이었다.
　기록을 피해 도망치는 순간, 자신의 신념이 무너지는 것이
었다.
　도망자라는 꼬리표를 단채 두고두고 회자되고 싶지 않았다.
　그 역시 과거 박찬오가 본즈에게 신기록을 내어주는 홈런

을 얻어맞고도, 다음 타석에서 역시 정면 승부를 걸었던 것을 기억하고 있었다.

물론 그 결과는 좋지 않았지만, 그 정신만큼은 린스컴에게 강한 인상을 심어주었다.

'기필코 잡는다!'

강한 다짐과 함께 린스컴이 감았던 눈을 떴다.

그 눈빛은 그 어느 때보다도 강렬하게 불타오르고 있었다.

린스컴의 인상이 달라졌다는 것은 타석에 들어선 민우가 가장 먼저 느꼈다.

그리고 그런 린스컴의 눈빛에 민우도 전의를 다시금 끌어올렸다.

'위기에나 사용하려고 아껴두려고 했지만… 지금이야말로 사용해야 할 때야.'

잠시 생각을 정리한 민우가 하나의 스킬을 머릿속으로 떠올렸다.

'초감각의 잔상!'

지잉!

[초감각의 잔상 효과가 적용됩니다.]

[파워와 정확 능력치가 15% 상승합니다.]

[체력이 25 소모됩니다.]

올스타전 이후, 새로이 갱신된 상점에서 발견한 '초감각의 잔상'은 간단하게 초감각과의 연계 스킬이었다.

직전 타석에서 '초감각' 스킬을 사용하는 것이 발동 조건이었고, '초감각'의 절반의 효과를 볼 수 있었다.

패널티가 있다면 '초감각의 잔상'을 사용하게 되면 '초감각'의 쿨 타임이 두 배로 늘어나 2주일이 된다는 것이었다.

그 때문에 지금껏 사용한 적이 없었지만, 지금이야말로 이 스킬을 사용해야 할 때라는 생각이 들었던 것이다.

'초감각'보다는 덜하지만, 힘이 빠져나갔다가 다시 채워지는 그 느낌만큼은 거의 다르지 않았다.

그렇게 가볍게 심호흡을 한 민우가 배트를 들어 올리며 눈을 빛냈다.

그리고 린스컴의 혼신을 다한 투구에 걸맞은 멋진 스윙이 민우의 손에서 만들어졌다.

슈우욱!

따아아악!

민우의 배트에서 총알같이 쏘아진 타구가 우중간으로 높이 떠올랐다.

그리고 맥코비 코브에서 불어오는 강한 바람을 가르며 꿋

꿋이 앞으로 뻗어나갔다.

＊　　　　＊　　　　＊

〈LA다저스의 '기록 파괴자' 강민우. 73호, 74호 연타석 포 쏘아 올리며 메이저리그의 홈런 역사를 새로이 쓰다! 린스컴은 신기록 헌납하며 패배.〉

강민우가 마침내 메이저리그 단일 시즌 최다 홈런 기록을 다시 세웠다.

강민우는 이날 2회 초, 선두 타자로 나서 73호 홈런을 날리며 타이기록을 세우더니 4회 초, 2아웃 주자 없는 상황에서 74호 홈런을 쏘아 올리며 2001년 본즈가 기록했던 단일 시즌 최다 홈런 기록을 갈아치웠다.

이 소식을 들은 본즈는 본지와의 인터뷰에서 축하의 메시지를 남기며……

미국 전역에서 온통 민우의 목소리가 들려왔다.

약물의 시대가 끝난 뒤, 절대로 깨어지지 않으리라고 보였던 본즈의 기록을 깨뜨린 것이었기에 어쩌면 당연한 일이었다.

하지만 민우의 이름이 이곳저곳을 점령할수록 분노와 불안,

초조로 범벅이 되는 이가 있었다.

까드득.

"젠장!"

민우의 신기록 소식을 들은 태성의 이가 부서질 듯 갈렸다.

도무지 이해할 수 없었다.

하루하루 미친 듯이 달려가고 있었지만, 민우와의 격차는 좁혀지기는커녕 점점 벌어지기만 할 뿐이었다.

그리고 바로 오늘, 민우가 기어코 일을 내고 말았다.

시즌 74홈런.

심지어 그 기록은 현재 진행형이었다.

어쩌면 전대미문의 80홈런 고지를 넘어설지도 몰랐다.

그런 생각이 들자 태성의 얼굴은 급격히 굳어져 갔다.

잠시 굳어져 있던 태성이 금고를 열고 약병을 신경질적으로 꺼내 들더니 이내 벌컥벌컥 들이켰다.

한 병, 두 병, 세 병…….

순식간에 빈 병이 쌓인 뒤, 태성의 두 눈빛이 급격히 탁해지기 시작했다.

그의 몸 이곳저곳에는 이전에는 보이지 않았던, 반점처럼 보이는 아주 희미한 무언가가 자리를 잡고 있었다.

민우의 신기록 행진은 1차전에서 멈추지 않았다.

2차전에서 잠시 숨을 고른 민우는 3차전에서 다시 한 번 홈런포를 쏘아 올리며 기어코 75번째 홈런을 만들어냈다.

하늘 높이 날아가는 타구와 함께 자이언츠의 지구 우승의 꿈도 함께 날아가는 것처럼 보였다.

다저스와의 3연전에서 스윕을 당한 자이언츠는 이후 남은 16경기에서 단 5승을 거두는데 그치며 와일드카드의 꿈까지 날려 버리며 시즌을 마감할 수밖에 없었다.

AT&T 파크를 떠나서도 홈런을 꾸준히 적립하던 민우는 다저스타디움에서 열린 자이언츠와의 홈경기에서 전대미문의 80홈런 기록을 기어코 넘어서고 말았다.

이미 신기록을 내어주고 진이 빠진 자이언츠였지만, 전대미문의 최초 80홈런 기록의 희생양이 되었다는 것이 이미 우승권에서 탈락한 팬들의 마음을 더욱 우울하게 만들었다.

그나마 자이언츠 팬들의 마음을 달래주는 것은 그 기록이 마지막이 아니라는 것이었다.

비록 80홈런에 이어 81호 홈런까지 내어준 그들이었지만 이후 다저스가 상대할 파드리스와 디백스를 생각하며 안도의 한숨과 애도의 묵념을 같이했다.

하지만 그들의 얼굴은 시리즈가 진행될수록 사색으로 변해갔다.

무슨 연유인지 자이언츠와의 3연전에서 홈런을 쏘아 올린 이후, 파드리스와의 3연전에서 민우는 대타로 한 타석씩만 들어섰고, 홈런을 날리지 못했다.

덕분에 기록의 희생양이 되는 것을 피해갈 수 있었던 파드리스의 일부 팬들은 시리즈가 끝난 뒤, 민우의 자비로움을 칭송하는 웃지 못할 모습까지 보였다.

파드리스와의 시리즈 이후, 기자들과의 인터뷰에서 매팅리 감독은 '시즌 내내 달려온 강민우의 휴식과 함께 그동안 기회를 잡지 못했던 선수들에게 큰 무대를 경험하게 하면서 실전 감각을 키우도록 배려한 것'이라며 '팀의 우승을 위한 강민우의 대승적인 선택'이라는 말을 덧붙이면서 민우의 대타 투입에 대한 이유를 밝혔다.

이미 다저스는 지구 우승을, 민우는 홈런왕에 홈런 신기록까지 확정지은 상황이었다.

더군다나 포스트 시즌을 대비해 주전 선수의 체력을 안배해야 하는 것은 당연한 일이기에 충분히 이해가 되는 모습이었다.

더군다나 중견수라는 포지션의 특성상 활동 범위가 넓었기에 다른 포지션에 비해 체력 소모도 큰 편이라고 할 수 있었다.

하지만 자이언츠의 팬들은 그런 매팅리 감독의 발언을 고운 시선으로만 볼 수 없었다.

'역사에 남을 기록을 써 내려가는 선수에 대한 예의가 아니다.'

'선수는 출전하고 싶은데 감독이 막는 것 아니냐.'

'전력을 다하지 않는 것은 상대 팀에 대한 모독이다.'

마치 민우의 기록을 생각하고, 다저스를 상대해야 하는 팀들을 배려하는 듯한 말들이 쏟아져 나왔다.

하지만 그 말의 속뜻에는 자이언츠가 홈런 신기록의 마지막 제물이 되어 역사에 남지 않기를 바라는 팬들의 마음이 숨어 있었다.

반면, 순수한 마음으로 민우의 출전을 바라는 이들도 있었다.

바로 다저스를 응원하고, 메이저리그를 응원하는 팬들이었다.

그들은 다저스 구단 사무실로 전화를 걸어 '민우의 홈런을 보고 싶다', '민우를 출전시키지 않으면 시즌권을 사지 않겠다' 등의 요구를 하며 구단 직원을 난처하게 만들었다.

그만큼 모두의 관심이 민우에게 쏠려 있다는 반증이기도 했다.

그리고 민우의 출전 여부에 따라 TV 시청률이 확연히 차이를 보이자 다저스의 경기를 중계하는 방송사에서까지 민우의 출전을 강력히 요청해 왔다.

예상치도 못했던 여론 조성에 결국 구단주는 단장에게, 단장은 다시 감독에게 민우의 출전에 대한 의견을 피력했다.

결국 민우의 휴식은 3일로 끝이 났고, 모두가 원하는 대로 민우는 다시금 경기에 선발 출전하기 시작했다.

하지만 디백스와의 1, 2차전에서 민우의 홈런포는 침묵했다.

디백스가 8번의 타석에서 6개의 볼넷을 남발하며 민우의 타격을 애초에 차단했기 때문이었다.

하지만 그런 디백스의 작전은 다른 곳에서 역효과를 내고 말았다.

민우가 배트를 제대로 휘둘러보지도 못한 채, 1루로 걸어가는 모습을 보이자, 메이저리그의 일부 극성팬들은 디백스의 구단 사무실에 전화를 걸어 '죽여 버리겠다', '구장을 폭파시키겠다'는 등의 협박을 내뱉었다.

몇몇 팬들은 디백스 타도를 외치며 '2위 팀의 발악'이라며 비하 발언마저 서슴지 않았다.

하지만 디백스로서도 역사에 영원히 남을 기록의 희생양이 되고 싶지는 않았기에 어쩔 수 없는 선택이라고 할 수 있었다.

9월 28일.

다저스의 시즌 최종전은 디백스의 홈구장, 체이스 필드에서 치러졌다.

디백스의 팬들은 앞서 자이언츠를 시작으로 다른 팀들이 무수히 느꼈던 바로 그 감정을 느끼고 있었다.

'우리가 마지막 기록의 희생양이 되고 싶지 않다.'

자이언츠를 시작으로 돌고 돌아 다시 자이언츠에게 돌아갔던 그 생각은 이제 파드리스를 지나 디백스에게로 다시금 돌아와 있었다.

앞선 1, 2차전에서 민우가 홈런을 쏘아 올리지 못한 것은 기적이나 마찬가지였다.

그리고 2회 초, 민우가 타석에 들어서는 모습에 디백스 팬들이 억울한 듯한 목소리를 내뱉었다.

"제발. 오늘도 홈런은 치지 말아주라!"

"질릴 만큼 충분히 쳤잖아! 여기서 더 치면 후발 주자들 힘 빠진다!"

"어차피 우승 확정인데 왜 이렇게 기를 쓰고 이기려고 하냐."

디백스 팬들의 그럴싸한 항의가 관중석 이곳저곳에서 들려오는 것을 잠시 바라보던 디백스의 깁슨 감독은 오늘 하루가 그저 빨리 지나가기만을 바라고 있었다.

'하필이면 시즌 마지막 경기를 다저스와 치러야 해서… 저 괴물 같은 놈을 더 이상 보지 않았으면 좋겠군.'

지난 시즌 꼴찌에서 지구 2위까지 올라서는 기적을 보인 디백스였지만, 그들의 앞에는 다저스라는 큰 산이 있었다.

그리고 이변이 없는 한 민우는 앞으로 5년은 다저스에 묶여 있을 예정이었다.

정식 감독 부임 첫 해에 큰 산을 만났고, 앞으로도 5년간은 저 산에 가로막혀야 한다는 생각에 깁슨 감독은 머리가 지끈거리는 것을 느꼈다.

어쩌면 그 전에 경질이 될지도 몰랐지만, 차라리 다른 팀으로 가는 것이 나을지도 모른다는 다소 패배적인 생각까지 들고 있었다.

더군다나 지금은 민우의 홈런 신기록이 계속해서 진행 중인 상태였다.

1, 2차전에서는 어떻게든 그 기록 행진을 막아냈지만 오늘 경기에서 한 방을 맞게 된다면 앞서 비난을 감수하고 볼넷을 남발했던 것이 의미가 없어지는 것이었다.

'선더스, 제발 막아라. 제발.'

선수 시절과 감독 시절을 통틀어 이처럼 떨렸던 적은 처음이었다.

마치 월드시리즈 우승이 걸린 9회말 2아웃 주자 만루 상황에서 마운드에 오른 투수의 기분이 이렇지 않을까 싶은 기분이었다.

그리고 바로 그런 기분을 마운드 위의 선더스가 느끼고 있었다.

'이게 뭐라고 이렇게 떨리지.'

주자 없는 상황이었기에 고의 사구를 줄 필요는 없었다.

하지만 도무지 스트라이크존에 꽂아 넣을 자신이 생기지 않았다.

타석에 들어선 민우의 모습이 너무나도 거대하게 느껴지는 탓에 선더스의 팔엔 자연스럽게 힘이 가득 들어갔다.

타석에 들어선 민우는 5경기 연속으로 홈런을 때리지 못한 것을 떠올렸다.

앞선 3경기는 대타 출전이었기에 별로 신경을 쓰지는 않았다.

하지만 다시 선발로 출전하게 된 디백스 전에서 볼넷만 무수히 얻어낸 것을 떠올리고는 속으로 가볍게 한숨을 내쉬었다.

'후우. 이번에도 피하려나?'

타석에서 선더스의 얼굴을 바라보자 시시각각 변하는 표정이 눈에 들어왔다.

'보아하니 정면 승부를 걸어올 것 같지는 않고… 쩝.'

바로 지난 시즌에도 디백스는 지금과 같이 고의 사구를 남발하며 민우를 견제하려 노력했었다.

그때의 기억이 잠시 떠오른 민우가 이내 고개를 저으며 선더스의 투구에 집중하기 시작했다.

'하나만 들어와라, 하나만.'

선행 주자가 없었기에 포수는 자리에서 일어나지 않은 상태였다.

하지만 좋은 공을 주리라고는 쉬이 예상이 되지 않았기에, 민우는 스트라이크존에서 자신이 정타를 날릴 수 있는 부분으로 존을 좁히며 노림수를 가져가려 노력했다.

슈우욱!

팡!

"볼!"

초구는 바깥쪽으로 크게 빠지는 볼이었다.

이어 2구 역시 바깥쪽 높은 코스로 빠지는 볼이었다.

두 개의 공을 연속으로 뺀 디백스 배터리는 민우의 배트가 움찔하지조차 않는 모습에 다음 사인을 교환했다.

'한가운데 떨어지는 커브.'

배트가 나와도 좋고, 아니어도 어쩔 수 없다는 생각에서 나온 사인이었다.

그 둘의 머릿속에는 홈런보다는 역시 볼넷이라는 판단이 들어 있었다.

하지만 그들이 선택한 코스는 변칙적인 스트라이크존을 적용시킨 민우의 배트에 걸치는 부분이었다.

슈우우욱!

선더스의 손을 떠난 커브가 가볍게 떠오르며 날아오다 급격히 떨어져 내리기 시작했다.

동시에 처음으로 스트라이드를 내디딘 민우가 마치 골프를 하는 듯, 배트를 완전히 아래로 내린 채 강하게 휘둘렀다.

따아악!

큼지막한 타격음이 울려 퍼지자 디백스의 모든 이들이 충격에 빠진 듯, 머리를 부여잡았다.

하지만 타구를 날려 보낸 민우는 그 타구가 그리 멀리 뻗지 못하리라는 것을 손끝의 느낌으로 알고 있었다.

하지만 타구의 실밥이 또렷이 보이는 모습에 일고의 고민도 없이 곧장 스퍼트를 끊었다.

'대도!'

지이잉—

스킬 발동과 함께 민우가 엄청난 속도로 다이아몬드를 돌기 시작했다.

—쳤습니다! 우중간으로 향하는 큼지막한 타구인데요! 넘어가나요?

동시에 외야의 선수들은 그 타구가 홈런이 아니라는 사실을 깨닫고는 빠르게 움직이기 시작했다.

가장 먼저 중견수인 크리스 영이 타구의 워닝 트랙을 향해 빠르게 달려가기 시작했다.

그리고 우익수인 업튼이 백업을 위해 영의 뒤쪽으로 달려 들어갔다.

곧 떨어지는 공을 향해 몸을 날리던 영의 움직임이 급격히 흔들리기 시작했다.

실밥이 또렷이 보이는 타구가 상하좌우로 예측 불허의 움직임을 보이고 있었기 때문이었다.

영은 그 믿을 수 없는 움직임에 눈빛이 흔들리면서도 타구를 잡아내려 글러브를 움찔거리며 안간힘을 썼다.

하지만 야속하게도 그 타구는 영의 글러브를 아예 빗겨 나가고 말았다.

'헉!'

그 모습에 믿을 수 없다는 듯한 표정으로 바라보던 영은 뒤이어 벌어진 참사에 입을 쩍 벌리고 말았다.

영이 놓친 그 타구를 잡기 위해 업튼이 달려들었지만, 그라운드를 튕겨 오른 타구가 업튼의 스파이크에 정확하게 차이며 날아가 버린 것이다.

부지불식간에 벌어진 상황에 업튼도 크게 당황한 표정을 지으며 타구가 흘러간 방향으로 속도를 내 달려가기 시작했다.

　―아앗! 이게 무슨 일입니까! 영이 타구를 놓치자마자 업튼이 타구를 발로 걷어차 버렸습니다! 타구는 빠른 속도로 센터 필드로 굴러가는데요! 그 사이 강민우 선수는 2루를 돌아 3루로! 좌익수 파라가 빠르게 달려옵니다!

　혹시 모를 상황에 센터 필드로 천천히 달려가며 영을 바라보고 있던 파라는 몸을 날리는 영의 움직임이 불안해 보이는 것을 보고는 설마 하는 마음에 속도를 올린 상태였다.

　그리고 마치 콩트를 보는 것처럼 어처구니없는 실책이 연달아 벌어지며 타구가 자신의 앞으로 굴러오고 있었다.

　순식간에 벌어진 일에 당황할 법도 했지만, 파라는 타구를 향해 달려가 빠르게 집어 들었다.

　그리고는 급히 몸을 돌리며, 혼신의 힘을 다해 홈을 향해 공을 뿌렸다.

　슈우우욱!

　팔을 풍차처럼 돌리고 있던 3루 코치는 민우가 베이스를 밟는 순간 일이 잘못되었다는 것을 깨달았다.

하지만 민우를 멈춰 세우기에는 너무 늦은 상황이었고, 자칫 잘못하다가는 부상의 위험까지 존재했기에 행운을 빌며 계속해서 팔을 돌렸다.

외야에서 무슨 일이 벌어졌는지 곁눈질로 확인한 민우는 패널티에 지금껏 사용하지 않았던 스킬을 사용했다.

'급가속!'

지이잉―

스킬을 사용과 함께 민우는 온몸을 뒤덮고 있던 소진감이 사라지는 것을 느끼며 속도를 더욱 끌어 올렸다.

타다다닷!

3루를 돌아선 민우의 속도가 다시금 빨라지는 것에 해설자들이 흥분한 목소리를 내기 시작했다!

―3루 돌아서! 강민우 선수가 마지막 힘을 끌어 올립니다! 홈 승부! 홈에서! 홈에서!!

홈을 향해 몸을 날리는 순간, 온몸에 밀려오는 무기력감에 민우의 미간이 와락 찌푸려졌다.

촤아아아악!

포수의 미트에 파라의 송구가 꽂혔지만, 민우의 손은 이미 홈 플레이트를 스치고 지나간 뒤였다.

주심은 양팔을 크게 벌려 보이며 민우의 세이프를 선언했다.

"아아아아!"

"말도 안 돼!!"

"이럴 수는 없어……."

체이스 필드에 들어선 디백스의 팬들은 도저히 믿을 수 없다는 듯, 머리를 부여잡은 손을 내리지 못한 채 망연자실한 표정을 짓고 있었다.

하지만 그들의 감정과는 상관없이 현실은 세이프에서 바뀌지 않았다.

—세이프! 세이프입니다!! 아~ 이거 과연 기록원이 어떤 판단을 내릴지 모르겠습니다!

—홈을 파고든 뒤, 강민우 선수가 자리에서 일어나지 못하고 있는데요. 무슨 문제라도 생긴 걸까요?

"하악! 하악!"

평소라면 금방 바닥을 박차고 일어났을 민우였지만 지금은 수 초가 지나도록 몸을 일으키지 못한 채였다.

거의 드러눕다시피 한 모습으로 몸을 일으키지 못한 채, 거친 숨을 내쉬고 있는 민우의 모습에 축제 분위기이던 다저스의 더그아웃이 급격히 술렁거리기 시작했다.

"뭐야?"

"왜 안 일어나?"

"저거 혹시 부상당한 거 아니야?"

분명 포수와의 충돌은 없었다.

하지만 선수가 일어나지 못하고 있다는 것은 무언가 문제가 있다는 것이었다.

"빨리 가봐!"

매팅리 감독 역시 무언가 이상한 것을 깨닫고는 급히 트레이너를 그라운드로 투입시켰다.

디백스의 팬들 역시 몸을 가누지 못하는 민우의 모습에 은연중에 걱정스러운 마음으로 민우를 바라보기 시작했다.

결국 민우는 트레이너가 다가가고 나서야 힘겹게 자리에서 일어났다.

하지만 곧 속에서부터 올라오는 헛구역질과 온몸을 칼로 째는 듯한 통증에 미간을 와락 찌푸리고 말았다.

그 모습에 트레이너가 걱정스러운 눈빛으로 민우를 바라봤다.

"어디가 불편한 거야?"

그 시선에 민우가 애써 미소를 지으며 고개를 저었다.

"아뇨. 조금… 무리한 것 같아요. 홈으로 들어오고 나서 힘이 좀 빠졌거든요."

하지만 그 말과 달리 민우는 몸이 축 처지는 느낌에 찝찝한 표정을 감출 수가 없었다.

그 모습에 트레이너는 굳은 표정으로 민우를 부축하며 고개를 저었다.

"안되겠다. 기록도 기록이지만 이 상태론 더 뛰어봐야 좋을 게 없다. 감독님한테 말씀드릴 테니까, 교체하자. 알았지?"

"예."

평소라면 더 뛸 수 있다고 말했을 민우가 순순히 고개를 끄덕이자, 트레이너는 그 모습이 더더욱 걱정스럽다는 눈빛을 보냈다.

―다행히 큰 문제는 없어 보입니다. 하지만 표정은 상당히 지쳐 보이네요.

―그만큼 혼신의 힘을 다해 달렸다는 것이겠죠.

―아! 지금 결과가 나왔네요. 확실히 잡을 수 있는 상황이 아니었다는 기록원의 판정으로 강민우 선수의 인사이드 더 파크 홈런이 인정됩니다.

―이렇게 되면 강민우 선수의 홈런 기록은 82개로 다시 한 번 늘어나게 됩니다. 와~ 정말 대단합니다.

―발로 만든 신기록이라 더더욱 의미가 있겠네요.

트레이너의 부축을 받으며 더그아웃으로 돌아온 민우는 벤치에 앉은 뒤에야 가볍게 숨을 내쉬었다.

'후우… 이 스킬은 정말 다신 안 써야겠어.'

처음 사용한 '급가속' 스킬의 패널티에 민우는 단번에 질리고 말았다.

'급가속'의 스킬 설명은 간단했다.

스킬을 사용하는 순간부터 3초간 주력이 10% 상승한다는 것이었다.

하지만 스킬 사용 이후, 전신에 무력감이 찾아온다는 것이 패널티였다.

혹시나 쓸 일이 생기지 않을까 하는 마음에 구입해 놓고도 시즌 내내 쓸 일이 없었기에 사용하지 않았던 스킬이었고, 그래서 패널티가 이 정도로 치명적이리라고는 생각지 못했었다.

조금 전에도 좌익수가 빠르게 백업을 오지만 않았더라면 특별히 사용할 일이 없을 상황이었다.

그나마 다행이라면 이런 패널티를 시즌 마지막 경기에서 알게 되었다는 점이었다.

만약 포스트 시즌의 승부가 걸린 중요한 시점에서 이 스킬을 사용하고, 패널티로 인해 한 경기를 날려먹었다면 그로 인해 경기의 향방이 어떻게 바뀌게 됐을지 아무도 모를 일이었다.

'일찍 알게 되서 다행이라고 해야 되는 건가. 그리고 기록도 하나 더 갱신하긴 했으니까. 후후.'

그래도 위안이 되는 것은, 민우의 인사이드 더 파크 홈런이 실책이 아닌 자연스러운 플레이로 이어졌다는 판단에 따라 홈런으로 인정을 받았다는 것이었다.

"고생했다. 충분히 했으니 이제 좀 쉬도록 해라."

트레이너의 설명을 들은 뒤, 민우가 진이 빠진 듯 크게 지친 표정을 짓고 있는 모습을 본 매팅리 감독은 그 공을 가볍게 치하해 주었다.

그리고 민우를 대신해 좌익수 자리에 있던 켐프를 중견수로 옮긴 뒤, 후보로서 꾸준한 성적을 보였던 샌즈를 좌익수로 투입시켰다.

그렇게 민우의 시즌 최종전은 한 타석 만에 인사이드 더 파크 홈런을 만들어내며 시즌 홈런 기록을 갱신하는 것으로 끝이 나게 되었다.

민우의 교체 아웃 이후, 새로 투입된 샌즈가 기가 막힌 안타 2개를 뽑아내며 1득점을 얻어냈다.

여기에 로니의 솔로 홈런과 켐프의 투런 홈런이 더해지며 다저스는 일찌감치 승기를 잡았다.

이후 마무리를 위해 투입했던 트론코소가 2개의 홈런을 연속으로 얻어맞으며 잠시 역전 위기를 겪기도 했지만 뒤이어

소방수로 투입된 젠슨이 후속 타자들을 완벽히 돌려세우며 경기를 마무리 지었다.

최종 스코어 3 대 5.

두 점차 승리를 거두게 되면서 다저스는 정규 리그에서 유종의 미를 거두게 되었다.

다저스는 이날 경기를 승리로 마감하면서 2011 시즌 최종 성적 107승 55패라는 압도적인 기록으로 내셔널리그 승률 1위 자리를 단단히 다졌다.

제3장

새로운 꿈을 가지다

정규 시즌의 모든 일정이 끝이 난 뒤, 포스트 시즌 대진표가 확정되었다.

먼저 서부 지구에서는 민우의 소속 팀인 LA다저스가 시즌 최종 107승이라는 압도적인 승수를 쌓으며 내셔널리그 최고 승률을 기록했다.

이로 인해 내셔널리그 동부 지구의 필라델피아 필리스는 102승을 기록하고도 승률 1위 자리를 다저스에 내어주며 중부 지구 우승 팀인 밀워키 브루어스와 디비전 시리즈를 치르게 되었다.

승률 1위 팀인 다저스는 와일드카드로 디비전 시리즈에 진출한 세인트루이스 카디널스와 시리즈를 치르며 다소 유리한 고지를 점령하게 되었다.

동부 지구에서는 텍사스 레인저스가 시즌 최종전에서 승리하며 97승을 기록해 최종전 패배로 인해 96승을 기록한 뉴욕 양키스를 한 경기 차이로 제치며 아메리칸리그 승률 1위를 차지했다.

그 결과 레인저스가 와일드카드로 디비전 시리즈에 진출한 탬파베이 레이스와 시리즈를 치르는 주인공이 되었고, 양키스는 자동적으로 중부 지구 우승팀인 디트로이트 타이거즈와 디비전 시리즈를 치르게 되었다.

내셔널리그와 아메리칸리그 모두 서부 지구에서 최고 승률 팀이 나오는 모습이었는데, 한국 팬들의 관심은 단연 민우와 태성이 월드시리즈에서 마주칠 수 있을지에 대한 것이었다.

대형 포털 사이트의 스포츠 뉴스 메인 페이지에는 메이저리그 포스트 시즌에 대한 분석이 담긴 기사가 게시되어 있었다.

하지만 그런 기사의 댓글란은 대부분 민우와 태성에 대한 이야기로 가득했다.

―완전 자랑스럽다. 강민우랑 강태성이랑 포스트 시즌 동반 진출이라니!

―한국인인 게 자랑스럽다.

―나는 같은 강 씨라는 게 자랑스럽다.

―강태성이 메이저 첫해부터 46개나 때리면서 아메리칸리그 홈런왕 된 것도 놀라운데, 강민우는 82개라니. 완전 미친 거 아니냐?

―레벨 차이는 생각해야지. 아메리칸리그가 내셔널리그보다 한 수 위라는 건 다들 아는 사실 아니야?

―헛소리 ㄴㄴ 그거 감안해서 쿨하게 10개 빼줘도 72개다.

―20개 빼도 됨. 그래도 강태성은 강민우한테 안되거든ㅋㅋ

―같은 한국인끼리 왜 비교질이야. 내셔널리그도 한국인 타자가 홈런왕, 아메리칸리그도 한국인 타자가 홈런왕을 차지했으면 그걸로 된 거지.

―거기에 그 둘이 속한 다저스랑 레인저스가 리그 승률 1위야. 이거 두 팀이 월드시리즈에서 만나면 진짜 대박이겠지?

―크으~ 상상만 해도 흥분돼. 월드시리즈까지 어떻게 기다리지?

―설레발은 치지 말자. 디비전 시리즈부터 통과하고 나서 생각해 봐도 늦지 않음. 카디널스도, 레이스도 그렇게 만만한 상대가 아니라고.

―ㅇㅇ 그건 인정.

―포스트 시즌에서는 홈런을 몇 개나 치려나? 난 그게 더

기대된다.

─아까 레벨 차이 언급하던 놈 어디 갔냐. 포스트 시즌에
서 홈런 치는 거 보면 대충 결과 나오겠네. 뭐 안 봐도 뻔하겠
지만ㅋㅋㅋ

그렇게 한국의 수많은 메이저리그 팬들은 디비전시리즈까
지의 지루함을 해소하기 위해 끊임없이 갑론을박을 벌였다.

그사이 포스트 시즌에 돌입하게 된 팀들은 짧은 휴식과 함
께 전열을 가다듬으며 월드시리즈 우승을 향한 행보를 내딛
기 시작했다.

*   *   *

경기가 끝난 뒤, 지친 몸을 이끌고 주차장으로 향하던 민우
는 전용 주차장에 꽤나 익숙한 차량이 세워져 있는 것을 보고
는 고개를 갸웃거렸다.

하지만 슈퍼 카가 아닌 이상 거리에서 종종 볼 수 있는 차
종이었기에 이내 신경을 쓰지 않은 채, 자신의 차로 향하려
했다.

하지만 바로 그 차량에서 익숙한 얼굴이 내리는 모습에 민
우의 걸음은 곧 멈춰 세워졌다.

그러고는 의외라는 듯하면서도 반가운 표정을 지어 보였다.

"퍼거슨? 여긴 어쩐 일이에요?"

민우의 물음에 퍼거슨이 연하게 미소를 지어 보였다.

"마침 근처에 볼일도 있고, 제 소중한 고객인 강민우 선수에게 축하할 일도 생겼으니 겸사겸사 얼굴을 봐야하지 않겠어요?"

"볼일이라… 이 늦은 시간에요?"

민우의 조금은 날카로운 듯한 물음에도 퍼거슨은 포커페이스를 잃지 않았다.

"후훗. 저도 가끔 일탈이 필요하거든요. 그보다 많이 피곤해 보이는데, 탈래요?"

퍼거슨은 그 말과 함께 조수석의 문을 열며 민우를 바라봤다.

그렇지 않아도 스킬의 패널티로 인한 영향이 아직까지 남아 있는 민우였기에 그 제안이 꽤나 달콤하게 들려왔다.

"좋죠. 그럼, 신세 좀 지겠습니다."

잠시의 고민도 없이 민우가 자신의 차가 아닌 퍼거슨의 차에 올랐다.

곧 퍼거슨이 운전석에 올랐고, 차는 숙소를 향해 천천히 이동하기 시작했다.

"메이저리그 역사에 남을 또 하나의 홈런 신기록을 세운 것, 정말 축하드려요. 정말 인상 깊은 홈런이었어요. 인사이드 더 파크 홈런으로 신기록을 세우다니. 정말 이제는 놀랄 것도 없다고 생각했는데 다시 한 번 놀랐어요."

"고마워요. 다른 사람도 아니고 퍼거슨이 이렇게 축하를 다 해주니 저도 더 기분이 좋네요."

민우의 능청스러운 대답에 살짝 웃음을 보인 퍼거슨은 곧 걱정이 묻어나는 목소리로 말을 꺼냈다.

"그나저나, 몸은 괜찮은 거예요? 아까 보니까 쓰러져서 한참 동안 일어나질 못하던데요. 걱정이 돼서 구단에 물어봤더니 부상은 아니라고 했지만… 지금 얼굴을 보니 아직도 많이 불편해 보이네요."

"체력을 너무 급격히 소진해서 조금 지친 것뿐이에요. 하루 정도 쉬면 나아질 거예요. 그런데 볼일이라는 거, 제 경기 관전이었던 건가 봐요?"

잠시 피곤에 지친 얼굴로 대답하던 민우는 무언가를 깨달은 듯, 예의 능글능글한 표정을 지으며 물음을 던졌다.

그러자 퍼거슨은 입꼬리를 살짝 말아 올리더니, 앞을 바라보며 대답 대신 다른 이야기를 꺼냈다.

"제 손에 우승 반지를 끼워준다고 했던 말, 아직 유효한 거죠?"

자신의 질문을 은연중에 외면하는 모습에 민우는 더 캐묻지 않은 채, 가벼운 웃음을 보였다.

"하하. 당연하죠. 그 약속을 기억하고 있었군요?"

"후훗. 당연하죠. 에이전트인 제가 월드시리즈 우승 반지를 받을 기회는 전혀 흔하지 않으니까요. 설마… 그 말, 없던 일로 하려는 건 아니죠?"

퍼거슨은 과장되게 의심스럽다는 듯한 표정을 지으며 민우를 바라봤다.

'귀여워.'

민우는 그 모습에 자연스레 미소가 피어올라 가볍게 웃음을 터뜨리고 말았다.

"하하. 그럴 리가요. 전 지키지 못할 약속을 뱉는 사람이 아니랍니다. 더군다나 퍼거슨은 제게 특별한 사람이니, 아무나 줄 수 없는 우승 반지, 꼭 드려야죠."

민우의 입에서 저번에 들었던 '특별한 사람'이라는 말이 다시금 흘러나오자 퍼거슨의 미소가 더욱 짙어졌다.

"좋아요. 나중에 가서 딴 말하기 없기예요?"

퍼거슨은 살짝 들뜬 목소리로 되물었고, 정말 기분이 좋아 보였다.

그 모습에 민우 역시 씨익 웃어 보였다.

"그럼요. 아마 제가 퍼거슨에게 반지를 주게 된다면, 월드시리즈 우승 반지를 받는 최초의 에이전트가 되지 않을까요?"

"음. 없다고 믿을래요. 유일하다는 건 좋은 거니까요."

퍼거슨은 이런 면에서는 대충 넘어가는 면이 보였다.

공과 사의 구분 없이 모든 면에서 철두철미한 것보다는 사람다운 모습이라고 할 수 있었다.

최고, 유일이라는 단어를 싫어하는 사람은 찾아보기 힘들었고, 퍼거슨 역시 비슷했다.

최고만이 받을 수 있는 희소성 있는 우승 반지, 그것을 선물로 받을 수 있다는 것은 꽤나 행복한 일이었다.

"좋아요. 어쩌면 그 약속, 생각보다 빨리 지킬 수 있을지도 모르겠네요."

민우의 말에 퍼거슨이 힐긋 시선을 돌려 민우를 바라봤다.

"그 말은, 올 시즌에 우승을 할 수 있다는 말인가요?"

"예. 가능성은 높죠. 저도, 다저스도, 지난 시즌보다 더욱 강해졌으니까요."

민우의 말대로 민우 스스로의 성장도 있었지만, 다저스는 부족한 점들을 메우며 진정한 강팀으로 거듭났다.

지난 시즌, 민우가 빠지게 된다면 타선에 큰 구멍이 생길 수밖에 없었지만 올 시즌은 캠프의 완벽한 부활과 외부 수혈, 유망주 승격 등으로 당시 부족했던 부분들을 거의 완벽하게 메울 수 있었다.

특히 민우가 올 시즌 82홈런을 기록하게 된 배경에는 뒤에서 민우를 받쳐주며 40홈런을 때려낸 켐프가 있었기 때문이었다.

민우에 비하면 그 파괴력이 떨어진다고 할 수 있었지만, 40홈런이라는 것은 아무나 때려낼 수 있는 것이 아니었다.

민우를 걸어 내보낸 뒤에 상대해야 할 켐프 역시 부담스러웠기에 지난 시즌처럼 심각한 볼넷 남발은 많이 줄어들었고, 그 결과가 바로 82개의 홈런이었다.

반대로 켐프가 3번 타자로 출전할 때는 민우가 뒤에 받쳐주었기에 켐프의 40홈런이 가능한 점도 없지 않다고 할 수 있었다.

여기에 켐프가 좌익수 자리를 확고히 하며 외야 수비가 완성되었고, 내야에서도 유리베의 합류에 고든이 후발 주자로 합류하며 내야 전 포지션이 빈틈없이 메워졌다.

한마디로 지금의 전력은 최상이었고, 그 어느 때보다 우승 확률이 가장 높은 시즌이라고 할·수 있었다.

퍼거슨 역시 그 사실을 잘 알고 있었기에 그런 민우의 자신감에 믿음이 갈 수밖에 없었다.

"후훗. 그러네요."

끼이익―

이야기가 길어졌는지, 어느새 민우의 숙소 앞에 도착한 차가 천천히 멈춰 섰다.

차에서 내려선 민우가 창문으로 퍼거슨을 바라보며 미소를
지어 보였다.

"데려다주셔서 고마워요."

"별말씀을요. 강민우 선수의 컨디션이 안 좋아지기라도 하
면 우승이 물 건너갈 거 아니에요?"

민우의 감사 인사에 퍼거슨은 기분이 좋은 듯, 가벼운 농담
을 던졌다.

그 모습에 민우는 돌연 아쉬운 듯한 표정을 지어 보였다.

"그런데 생각해 보니… 저만 반지를 주는 건 좀 그러네요."

민우의 말에 퍼거슨의 표정이 가볍게 흔들렸다.

"뭐예요. 이제 와서 마음이 바뀌었다는 말을 하려는 건 아
니죠?"

민우는 그 모습조차 귀엽게 느껴지는 것에 가볍게 고개를
흔들고는 검지를 들어 보였다.

"우승을 하면 반지를 드릴게요. 대신, 하루 스케줄 비우고
저랑 데이트 어때요? 괜찮은 제안이죠?"

"안녕히 계세요. 강민우 씨."

부르릉—

민우의 제안에 퍼거슨의 표정이 딱딱하게 굳어지더니, 곧장
작별과 함께 차가 출발해 버렸다.

순식간에 벌어진 일에 민우는 능글맞은 표정으로 손가락을

든 채 그대로 굳어 있었다.

그렇게 퍼거슨의 차는 빠르게 코너를 돌아 그 모습을 감춰 버렸다.

사라지는 차의 모습을 멍하니 바라보며 민우가 허탈한 표정으로 그때까지 들고 있던 손가락을 살며시 접었다.

지이잉—

그때, 가방에 들어 있던 스마트폰이 부르르 떨리는 소리가 들려왔다.

멍한 표정으로 스마트폰을 꺼내 든 민우는 그 내용을 확인하고는 곧 얼굴에 행복한 미소가 피어 올랐다.

한나 퍼거슨: 정말… 강민우 선수는 항상 절 놀라게 만드는군요. 꼭 우승하길 바랄게요. 기대하고 있을 테니까요.

민우는 고개를 들어 퍼거슨의 차가 사라진 코너를 잠시 바라보고는 가벼운 발걸음으로 숙소로 들어갔다.

*   *   *

세인트루이스 카디널스는 사실 올 시즌, 지구 우승은커녕 중위권도 힘들다는 평가가 많았다.

2010시즌, 20승을 돌파하며 카디널스 부동의 에이스였던 웨인라이트가 토미 존 서저리로 전열을 이탈하며 선발의 한 축이 무너졌다.

여기에 시즌 시작과 함께 마무리 투수였던 프랭클린이 완전히 무너져 버렸고, 시즌 중반 푸홀스의 부상 공백에 주전 중견수였던 라스무스와 라 루사 감독의 불화로 라스무스가 팀을 떠나며 팀 상황은 거의 개차반이 되어 있었다.

이런 악재 속에서도 푸홀스를 중심으로 버크만, 할러데이가 도합 90홈런을 합작하며 팀을 이끌고 와일드카드 경쟁에서 승리하며 디비전시리즈에 진출하게 되었다.

하지만 희망도 잠시, 할러데이가 손가락 인대 부상을 당하며 포스트 시즌 출전이 불확실해지자 카디널스는 순식간에 추진력을 잃고 말았다.

할러데이가 빠진 카디널스의 타선은 투수의 팀이라고 자부하는 다저스의 투수진을 상대하기엔 역부족이었다.

그리고 올 시즌은 투수의 팀이 아닌 타자의 팀이기도 한 다저스였기에 투수력이 약한 카디널스로서는 시리즈를 가져가는 것에 무리가 있었다.

10월 4일.

세인트루이스 카디널스의 홈구장, 부시 스타디움은 홈팬들의 침묵으로 인한 정적에 휩싸여 있었다.

그리고 그들을 침묵하게 만들었던 그 소리가 다시 한 번 그들의 귓가를 파고들었다.

따아아악!

배트를 휘두른 뒤, 잠시 타구를 바라보던 켐프가 이내 천천히 다이아몬드를 돌기 시작했다.

카디널스의 홈팬들은 큼지막한 타격음과 함께 하늘을 가르며 날아가는 타구의 모습을 멍하니 바라볼 수밖에 없었다.

2번 로니의 투런 홈런을 시작으로 3번 이디어의 솔로 홈런, 4번 민우의 솔로 홈런에 이은 5번 켐프의 백투백투백투백 홈런이 다시 한 번 하늘을 가르며 날아가고 있었기 때문이었다.

─또 갑니다! 큽니다! 좌측 펜스! 그대로! 넘어~ 갑니다! 오 마이 갓! 켐프 선수의 백투백투백투백 홈런이 터져 나오며 다시 한 점을 달아나는 다저스! 정말 믿을 수가 없는 광경이 디비전 시리즈에서 쏟아져 나오고 있습니다.

─4회에 2점을 내어주면서 불안한 모습을 보이던 가르시아 선수의 흔들림이 결국 6회에 터지고 말았습니다! 아~ 투수 코치가 결국 마운드에 오르는데요. 타이밍이 너무 늦었어요.

─이미 1, 2차전에서 영패를 당했던 카디널스인데요. 6회에 7점 차이는 너무나도 큽니다.

—1차전에서 푸홀스의 아킬레스건 파열 부상으로 팀 타선을 이끌던 두 타자가 빠지게 되었거든요. 그로 인해 타격에 심각한 공백이 생긴 카디널스이기에 지금의 이 실점은 너무나도 뼈아프게 다가오겠습니다.

4개의 홈런을 연속으로 얻어맞기 전까지만 하더라도 가르시아의 성적은 5이닝 2실점이었다.

하지만 강판을 당하는 지금 가르시아의 실점은 7실점까지 늘어나 있었다.

가르시아는 분을 참지 못하겠다는 듯, 더그아웃에 들어서자마자 글러브를 벽에다 패대기치고는 음료수 통에 주먹을 휘두르며 자책하는 모습을 보였다.

카디널스의 더그아웃에 남아 있던 몇몇 선수가 그 모습을 힐긋 바라봤지만, 아무도 그 행동을 말리는 이가 없었다.

오늘 경기 결과에 따라 그들의 포스트 시즌이 끝이 나는 것이 기정사실화되었기 때문이었다.

가르시아의 이런 행동들도 결국 자신이 희망을 이어가지 못했다는 것에 대한 강한 자책의 표현일 뿐이었다.

하지만 그런다고 해서 경기를 되돌릴 수 있는 것은 아니었다.

할러데이와 푸홀스가 빠진 카디널스의 타선은 다저스에겐

손쉬운 먹잇감일 뿐이었다.

노장 릴리의 7이닝 무실점 호투에 이어 젠슨이 나머지 2이
닝을 가볍게 틀어막으며 경기는 스코어의 변동 없이 그대로
종료되었다.

시리즈 스코어 3 대 0.

다저스는 월드시리즈 10회 우승에 빛나는 카디널스를 너무
나도 손쉽게 무너뜨리고 챔피언십 시리즈에 진출하게 되었다.

다저스가 챔피언십 시리즈 상대를 기다리며 전력 분석에 들
어간 사이, 아메리칸리그에서도 레인저스가 돌풍을 일으키고
있었다.

내셔널리그보다 하루 빠른 일정을 시작한 아메리칸리그의
포스트 시즌은 레인저스가 의외의 돌풍을 일으키며 무한 질
주를 이어가고 있었다.

와일드카드로 올라온 레이스를 가볍게 스윕하며 디비전시
리즈를 끝낸 레인저스는 챔피언십 시리즈에서 디트로이트 타
이거즈와 맞붙게 되었다.

타이거즈의 투수진은 별 볼 일이 없었다.

시즌 중반, 덕 피스터가 팀에 합류하기 전까지, 24승 투수인
벌랜더를 제외하고는 선발진이 극악의 방어율을 보였다.

그럼에도 투수진이 많은 승수를 쌓을 수 있던 비결은 테이

블 세터진부터 클린업 트리오에 이어 하위 타선까지 강력한 한 방을 때려낼 능력을 가졌기 때문이었다.

하지만 타이거즈의 단점은 투수진이 약한 만큼, 타선이 흐름을 타지 못하면 승리하기가 어렵다는 것이었다.

딱!

또 하나의 타구가 홈 플레이트 앞에서 힘없이 바운드되자 타구를 때린 카브레라의 미간이 와락 찌푸려졌다.

이내 카브레라는 배트를 던지고 1루를 향해 스퍼트를 끊었다.

하지만 레인저스의 3루수, 벨트레는 빠르게 타구를 집어 든 뒤, 능숙하게 스텝을 밟으며 2루를 향해 공을 뿌렸다.

공을 받은 2루수, 킨슬러는 곧장 베이스를 밟고 지나며 주자의 방해 동작을 피해 1루를 향해 다시 한 번 공을 뿌렸다.

곧 1루 베이스를 밟고 있던 태성의 글러브에 송구가 정확히 와 꽂혔고, 간발의 차로 베이스를 밟고 지나간 카브레라를 향해 주심이 주먹을 들어 아웃을 선언했다.

수 초가 지나지 않은 사이에 또 하나의 병살타가 만들어지자 타이거즈의 팬들은 나지막이 비명을 질렀다.

"또 병살타야!"

"도대체 날려먹은 잔루가 몇 개야!"

"1차전도, 2차전도, 3차전도 이런 식으로 졌잖아……."

"말도 안 돼. 도대체 병살타가 이렇게 많이 나오는 이유가 뭐야?"

그 시작은 1차전에서 무려 5개의 병살타가 나온 것부터였다.

득점 기회마다 번번이 병살타로 무너지는 바람에 3 대 2라는 아슬아슬한 스코어로 1차전을 내어주고 말았다.

타이거즈에서 유일하게 믿을 만한 투수인 벌랜더가 1차전에서 패배를 기록하자 타이거즈의 팬들은 충격에 빠졌다.

그리고 충격을 받은 것은 타이거즈의 선수들도 마찬가지였다.

패배의 원인을 분석하며 병살타를 의식하기 시작한 타이거즈 타자들은 병살을 피하기 위해 무의식적으로 스윙의 각을 크게 만들고 말았다.

그리고 그것이 악재가 되어 병살이 줄어드는 대신, 타구를 멀리 보내지 못하는 부작용이 생긴 것이었다.

2차전과 3차전을 치르며 뒤늦게 그 사실을 깨달은 코칭스태프였지만, 이미 원래의 밸런스를 잃어버린 타격 폼을 제대로 바로잡기에는 시간이 너무나도 부족했다.

오히려 병살을 의식하며 스윙이 커진 것까지 의식하게 되자 부작용은 더욱 배가되고 말았다.

시즌 내내 파괴력을 보이던 타이거즈의 핵타선은 그렇게 허무하게 실종되고 말았다.

반면 레인저스의 타선은 벌랜더를 넘어서자 거침없이 타이거즈 투수진을 폭격하기 시작했다.

5차전까지 갈 생각이 없다는 듯, 1, 2, 3차전 도합 8개의 홈런포를 쏘아 올리는 괴력으로 마치 타이거즈의 파괴력을 레인저스가 모두 흡수한 것이 아닌가 하는 모습을 보였다.

그리고 4차전에서도 그 질주는 멈추지 않고 있었다.

7회까지 스코어는 1 대 7.

이미 승기는 레인저스에 넘어가 있었다.

타이거즈의 홈구장인 코메리카 파크에 들어찬 관중들은 좀처럼 좁혀지지 않는 스코어에 이미 자포자기한 심정으로 멍하니 경기를 관전하고 있었다.

레인저스 선발 루이스의 7이닝 1실점과 타이거즈 선발 피스터의 2.1이닝 5실점은 너무나도 대조적인 모습이었다.

믿었던 피스터가 와르르 무너진 뒤, 타이거즈는 불펜을 풀가동하며 레인저스의 강타선을 잠재우려 노력했지만 타이거즈의 부실한 불펜에 막힐 레인저스의 타선이 아니었다.

8회 초.

이미 대부분의 불펜 자원을 소진한 타이거즈는 다시 한 번 투수를 교체했다.

8회 말과 9회 말, 막판 뒤집기를 위해서는 여기서 더 이상 점수를 벌려서는 안됐다.

마운드에 오른 투수는 올 시즌, 부진한 불펜진에서 그나마 의외의 활약을 보였던 우완 루키, 앨버커키였다.

하지만 큰 무대에 대한 경험이 부족한 앨버커키에게 챔피언십 시리즈 탈락이라는 운명이 걸린 무대의 무게는 너무나도 무거워 보였다.

레인저스의 9번 차베즈와 1번 킨슬러를 연속 범타로 잡아내고 한숨을 돌리는가 싶었던 앨버커키는 앤드루스를 상대하며 제구가 급격히 흔들리기 시작했다.

그리고 갈피를 잡지 못하고 방황하는 앨버커키의 공은 레인저스 타자들의 배트에 그대로 맞아나가기 시작했다.

따악!

따악!

2번 앤드루스와 3번 해밀턴에게 연속 안타를 허용한 앨버커키의 이마에는 마치 9이닝 완투 직전의 투수처럼 땀방울이 흥건하게 맺혔다.

연속으로 터져 나오는 안타에 코메리카 파크를 메운 타이거즈의 일부 팬들은 주섬주섬 자신의 짐을 챙기기 시작했다.

그러면서도 한편으론 이 위기를 잘 막아줬으면 하는 바람으로 마운드를 향해 간절한 눈빛을 보내고 있었다.

두 명의 주자를 허용하자 곧장 투수 코치가 마운드로 올라오는 모습이 보였다.

그리고 잠시 뒤, 불펜에서 한 선수가 마운드로 향하는 모습에 타이거즈 팬들이 마지막 희망을 불태웠다.

"발베르데!"

"타이거즈를 지켜줘!"

"우리가 믿을 건 너뿐이다!"

6점 차의 상황에서 팀을 위기에서 구하기 위해 마운드에 오르는 투수는 타이거즈의 마무리 투수 발베르데였다.

팀이 지고 있고, 세이브 상황이 아님에도 발베르데를 마운드에 올릴 만큼, 타이거즈는 간절함을 느끼고 있었다.

'후우, 도무지 답이 없구나.'

타이거즈의 감독, 릴랜드는 마운드에 오르는 발베르데를 바라보며 가볍게 한숨을 내쉬었다.

사실, 릴랜드는 챔피언십 시리즈의 시작과 함께 찬물을 끼얹은 듯 축 처진 타선을 개선하기 위해 타순을 바꾸고, 선수들의 마음을 다잡고 격려하는 등의 노력을 아끼지 않았다.

하지만 그런 릴랜드의 노력이 무색하게 타이거즈의 타선은 매 경기 침묵을 깨지 못했고, 흐름을 타려나 싶으면 병살타로 곧장 그 흐름을 스스로 끊고 말았다.

시리즈 내내 타이거즈가 만들어낸 병살타만 무려 15개에 육박했다.

한마디로 출루를 많이 했음에도 점수를 내지 못했다는 뜻이었다.

흐름을 잃은 타선은 침묵했고, 기대했던 홈런포는 터져 나오지 않았다.

그랬기에 지금 6점이라는 점수 차는 타이거즈에게 그 어느 때보다도 따라잡을 수 없는 점수처럼 보였다.

여기서 추가 실점이란 곧 시리즈 탈락을 의미하는 것이었다.

그렇기에 팀에서 가장 믿을 수 있는 마무리 투수, 발베르데를 마운드에 올릴 수밖에 없는 상황이었다.

하지만 지금의 상황은 타이거즈에게 너무나도 불리하게 돌아가고 있었다.

'하필이면 강태성의 앞에 주자를 두 명이나 쌓다니······.'

타석에는 시리즈 내내 타이거즈 투수진을 무너뜨렸던 레인저스의 강타자, 강태성이 들어서고 있었다.

'2아웃 주자 1, 2루 상황. 여기서 강태성을 돌려세우면 8회 말엔 타이거즈도 중심 타선으로 이어진다. 잘 막고 타선이 한 번만 흐름을 탄다면 충분히 가능해. 5차전에서 벌랜더가 충분히 승리를 만들어낼 수 있어.'

릴랜드는 마운드에 오른 발베르데라면 강태성을 막아낼 수 있으리라는 긍정적인 마음으로 그라운드를 바라봤다.

하지만 그런 희망은 단 1구 만에 무너지고 말았다.

슈우욱!

따아악!

발베르데가 뿌린 초구 스플리터를 강태성이 그대로 후려치며 라인드라이브 타구를 만들어냈다.

홈런이 나올 정도의 타구는 아니었지만, 깨끗하게 우중간을 가르며 펜스까지 굴러가는 잘 맞은 타구였다.

그리고 누상의 주자가 모두 들어오기에도 충분했다.

─아~ 발베르데의 등판은 더 이상 실점을 허용하지 않겠다는 타이거즈의 의지였는데요. 그런 결단이 단 1구 만에 허무하게 무너지고 말았습니다. 주자 두 명이 모두 홈을 밟으면서 스코어는 이제 1 대 9까지 벌어집니다. 그 사이 타자 주자는 2루까지!

─아. 릴랜드 감독이 깊은 한숨을 내쉬는 모습이 보이네요. 타이거즈 팬들이 하나둘 자리를 뜨는 모습도 보이고 있습니다.

모두가 우려했던 홈런은 아니었다.

하지만 한 점이 줄었을 뿐, 2실점이든 3실점이든 지금의 상황에서는 타이거즈에게 홈런이나 다름없었다.

강태성이 2루에 나간 이상, 안타를 하나 더 맞게 된다면 1실점이 추가되는 것이기도 했고, 발베르데의 투구 수가 늘어나는 것을 생각하다면 홈런보다 더더욱 기분이 나쁜 실점이라고 할 수 있었다.

이제 다 끝났다고 생각한 듯, 일찌감치 경기장을 빠져나가는 타이거즈의 팬들이 심심치 않게 보이고 있었다.

"하아, 하아."

거친 숨을 몰아쉬며 2루 베이스를 밟고 서 있던 태성은 가슴이 조이는 듯한 통증에 미간을 와락 찌푸렸다.

동시에 머리가 핑 도는 듯한 느낌이 들자 태성은 한쪽 무릎을 꿇은 채, 고개를 숙이며 깊은 숨을 몰아쉬었다.

태성이 크게 힘들어하는 듯한 모습에 지근거리에 있던 타이거즈의 2루수, 산티아고가 그에게 다가왔다.

"이봐, 괜찮은 거야?"

그 물음이 귓가를 윙윙 울리는 느낌에 태성은 손을 휘적거리며 고개를 끄덕였다.

대답 없이 대충 손짓을 해 보이는 태성의 모습에 산티아고는 괜스레 기분이 나빠졌다.

'걱정해 줬더니 하는 태도가……. 쯧.'

그렇게 산티아고가 그 곁을 떠나갔고, 잠시 숨을 고른 뒤에야 피가 도는 듯한 느낌에 태성이 힘겹게 몸을 일으켰다.

'후우. 도대체 왜 이러는 거지?'

발베르데의 공을 향해 힘껏 배트를 휘두르는 순간, 온몸을 타고 싸한 느낌이 흐르기 시작했다.

그리고 1루로 향해 달리며 나타나기 시작한 통증이 2루에 도달해서는 답답함을 느낄 만큼 심해져 있었다.

일시적인 것이라는 듯, 어지러움과 통증은 금방 사라졌지만 그의 온몸에는 식은땀이 흐르고 있었다.

'조금 무리해서 그런 건가?'

시즌 말미부터 경기력이 조금씩 떨어지는 듯한 느낌에 포스트 시즌 돌입과 함께 훈련량을 더욱 늘렸던 태성이었다.

그리고 훈련량의 증가와 함께 이런 일시적인 답답함과 어지러움이 함께 찾아오곤 했다.

하지만 잠시 숨을 고르면 언제 그랬냐는 듯 멀쩡해졌기에 그리 크게 신경을 쓰고 있지 않았다.

오히려 체력 부족이라 생각하며 오프 시즌에 체력을 더욱 키우리라는 계획을 세우고 있었다.

'오늘 경기는 이긴 거나 마찬가지니까. 휴식 기간에 하루 정도는 푹 쉬자. 그럼 체력도 충분히 회복이 되겠지.'

생각을 정리한 태성이 베이스에서 리드 폭을 점점 벌려갔다.

이후, 후속 타자인 벨트레가 2루수 앞 땅볼을 때리며 레인저스의 8회 초 공격이 끝이 났다.

그리고 8회 말, 타이거즈의 공격이 시작되었다.

하지만 2점의 추가 실점이 벌어져서인지 타이거즈의 배트는 더더욱 무뎌져 있었다.

펠드맨이 1이닝을 깔끔하게 막아낸 뒤, 9회 말, 아담스가 그 뒤를 이어 나머지 1이닝을 막아 세우며 경기는 그대로 점수 변동 없이 끝이 났다.

타이거즈는 챔피언십 시리즈 4전 전패로 월드시리즈의 꿈을 접어야 했고, 그들을 대신해 레인저스가 아메리칸리그 최강자라는 타이틀을 건 채, 월드시리즈 무대에 올랐다.

그리고 바로 다음 날, 레인저스의 상대가 정해졌다.

＊　　　　＊　　　　＊

〈LA다저스. 브루어스를 누르고 NLCS 4전 전승으로 월드시리즈 진출. AL 전승 팀인 레인저스와 월드시리즈에서 맞붙는다.〉

LA다저스가 브루어스를 누르고 월드시리즈에 진출했다.

10월 13일. 브루어스의 홈구장인 밀러 파크에서 치러진 NLCS

4차전에서 다저스는 강민우와 유리베의 홈런 2방에 힘입어 스코어 3 대 10, 7점차 대승을 기록하며 승리를 거뒀다.

(중략)

아메리칸리그 포스트 시즌 7연승을 기록한 레인저스와 마찬가지로 내셔널리그 포스트 시즌 7연승을 기록한 다저스가 월드시리즈에서 맞붙으면서 과연 어느 팀의 연승이 먼저 끊어질지, 어느 팀이 메이저리그의 진정한 최강 팀이 될지 이목이 집중되고 있다.

그리고 그 결과는 4일 뒤, 월드시리즈 무대에서 가려질 예정…….

상상으로나 가능했던 한국인 메이저리거의 월드시리즈 맞대결이 현실로 다가오자 한국의 메이저리그 팬들은 열광했다.

그와 함께 다저스를 응원하는 팬들과 레인저스를 응원하는 팬들로 나뉘어 연일 갑론을박을 벌이기 시작했다.

단순히 강민우를 응원하고, 강태성을 응원하는 사람들이 있는가 하면 양 팀의 전력을 면밀히 분석하고 냉정하게 승률을 따지는 이들도 존재했다.

그리고 팬들의 관심은 우승과 더불어 어떤 타자가 더 많은 홈런을 때려낼지에도 쏠려 있었다.

─와 이번 포스트 시즌 진짜 볼 맛 난다. 강민우가 6개 쳤

고, 강태성이 5개 쳤지?

─ㅋㅋㅋ강민우야 그렇다 치고 강태성은 조금 의외네.

─뭐가 의외야. 한국에서도 강태성은 '가을의 사나이'였잖아.

─한국이랑 미국이랑 같냐.

─내가 볼 때 이거 둘 중에 홈런 더 많이 치는 쪽이 월드시리즈 우승할 것 같은데?

─당연한 거 아니냐. 근데 어쩌냐. 강민우 별명 하나 더 있잖아. '홈런 스틸러'라고ㅋㅋㅋ

─그럼 이제 강태성이 홈런 못 치나요?

─아~ 망했어요!

─다른 방향으로 넘겨 버리면 그만 아닌가?

─그게 마음대로 되냐가 문제지. 강민우 수비 범위 메이저 탑인 거 모름?

─아무튼 난 강민우 한 표.

─나도 강민우.

─난 반전을 노린다. 강태성!

먹이를 노리는 매처럼 댓글란을 예의 주시하던 기자들은 팬들의 관심을 끌기 위해 곧장 라이벌 구도를 만들며 흥을 돋우기 시작했다.

〈코리안 메이저리거 최고의 타자는 누구? 강민우와 강태성. 월드시리즈에서 최강자 가린다.〉

〈'2군 출신' 강민우는 PS 6홈런, '한국 프로' 홈런왕 강태성은 PS 5홈런으로 막상막하. 월드시리즈에서 그 우열을 가리게 돼… 올스타전 홈런 더비에서는 강민우가 압도.〉

기자들은 독자의 관심을 끌기 위해 그 내용을 점점 극단적으로 써 내려갔고, 메인에 걸리는 기사는 수시로 갱신되어 갔다.

그리고 뉴스 페이지를 제공하는 대형 포털 사이트에서는 이내 메인 페이지에 월드시리즈 우승 팀과 홈런왕을 묶어 투표 페이지까지 만들기에 이르렀다.

댓글의 반응과 달리 적나라하게 그 결과를 노출하는 투표 페이지에 많은 팬이 자신들이 응원하는 팀과 선수에게 투표권을 행사하기 시작했다.

그리고 월드시리즈 바로 직전까지 진행된 투표 결과는 꽤나 큰 폭의 차이를 보였다.

Q. 월드 시리즈 우승과 함께 WS 홈런왕을 차지할 팀과 선수는?

1. LA다저스─강민우: 지난 시즌 월드시리즈 우승팀. 올 시즌, 정규 리그 최고 승률 달성과 함께 강민우의 82홈런 신기록으로 방점을 찍었다. NLDS에 이어 NLCS까지 스윕하며 7연승 기록 중. / 68.6%

2. 텍사스 레인저스─강태성: 한국 프로야구에서 LC의 우승 꿈을 이루는 기적을 일으키며 메이저리그 진출. 초반 부진을 딛고 AL 홈런왕을 차지했다. ALDS에 이어 ALCS까지 스윕하며 7연승 기록 중. / 31.4

올 시즌, 역대급의 시즌을 보낸 민우의 존재감은 팬들에게 너무나도 크게 다가오고 있었다.

이 때문에 태성이 진출 첫 해, 아메리칸리그 홈런왕을 차지하는 엄청난 기록을 달성했음에도 그 빛이 바랜 것이기도 했다.

이윽고 투표는 큰 변동 없이 종료되었고, 진정한 패자를 가리기 위한 월드시리즈가 시작됐다.

팬들은 수시로 채널을 돌릴 필요가 없어진 것에 행복해하며 과연 어떤 선수의 배트가 먼저 불을 뿜을 지를 고대하기 시작했다.

* * *

올스타전이 끝난 뒤, 메이저리그의 후반기가 시작될 무렵.

평소와 마찬가지로 출근을 위해 집을 나서던 안톤은 자신의 눈앞에 나타난 낯선 이들의 존재에 일순 의문스러운 표정을 지어 보였다.

하지만 그들이 내민 신분증에 적힌 'FBI'라는 글자는 안톤이 정체 모를 검은 차량에 순순히 탑승하게 만들었다.

그리고 그를 태운 차량은 얼마간을 달려 정체 모를 건물로 들어섰고, 바로 지금, 안톤이 앉아 있는 공간까지 오게 된 것이었다.

'어떻게 하지. 난 어떻게 해야 하는 거지.'

안톤은 드라마나 영화에서나 봤지, 평생 한 번도 와본 적이 없는 공간에 자신이 앉아 있는 것을 쉽사리 받아들일 수 없었다.

차가운 색감으로 통일된 방.

한쪽 벽에는 방안을 그대로 반사시켜 비추고 있는 큼지막한 거울이 유일하게 벽을 장식하고 있었다.

그리고 방 한가운데에는 은색의 철제 테이블이 차가운 듯한 방 안의 분위기를 더욱 차갑게 만들고 있었다.

그런 차가운 분위기 탓인지 테이블을 사이에 두고 눈앞에 앉아 있는 남자의 표정은 그리 긍정적으로 보이지만은 않고 있었다.

검은 정장을 입고 머리를 단정하게 빗어 넘긴 남자는 날카롭게 눈을 빛내며 안톤을 바라보고 있었다.

그 차가운 시선에 불안함을 이기지 못한 안톤이 다리를 떨기 시작했다.

탁탁탁탁.

안톤은 그것으로도 부족한 듯, 시선을 한곳에 오래 두지 못하며 손톱을 만지작거리고 있었다.

잠시 그런 안톤의 모습을 뚫어져라 바라보던 남자가 몸을 앞으로 천천히 숙이며 양손으로 턱을 괬다.

그 작은 움직임에 안톤의 불안한 시선도 천천히 그에게 돌아갔다.

두 시선이 마주치고 잠시 뒤, 정장을 입은 남성이 천천히 입을 열었다.

"안톤 씨, 한 번만 다시 말씀을 드리겠습니다. 그러니까 저희 조사 결과, 안톤 씨의 계좌로 입금된 돈은 정상적인 루트로 유통이 된 것이 아니었습니다. 검은 돈이라는 표현, 많이 들어보셨을 겁니다. 안톤 씨의 계좌로 돈을 넣은 사람, 혹은 조직이 그리 긍정적이지만은 않다는 말입니다."

'검은 돈'이라는 말에 안톤이 마른침을 삼켰다.

그는 자신이 침을 삼키는 소리가 천둥처럼 들릴 정도로 긴장하고 있었다.

그런 안톤을 잠시 바라보던 조사관의 입이 다시금 움직이기 시작했다.

하지만 그 목소리는 아주 무겁게 가라앉아 있었다.

"안톤 씨가 그 돈의 출처를 밝히지 않는다고 해도 상관은 없습니다. 단지 안톤 씨가 무사히 원래의 자리로 돌아가기는 아마 힘들 거라고 생각됩니다."

조사관의 입에서 천천히 흘러나온 말의 무게에 안톤은 멈췄던 다리를 다시금 떨기 시작하며 안절부절못하는 모습을 보이고 있었다.

잠시 그 모습을 지그시 바라보던 조사관은 조금 전의 강압적인 표정과 목소리와 달리 약간은 높아진 톤으로 살갑게 말을 이어가기 시작했다.

"하지만 만약 저희에게 협조하고, 수사에 도움이 될 수 있는 확실한 정보를 주신다면 이야기가 달라질 겁니다. 그 정보의 중요도에 따라 형을 줄이거나, 혹은 불기소처분을 받을 수 있을 것이고, 그렇게 된다면 안톤 씨는 지금의 삶을 계속 유지할 수 있을 것입니다. 당신과 당신 가족에게도 아무런 피해가 가지 않는 것이죠. 어떤 선택이 당신에게 좋을 것인지는 알려드리지 않아도 잘 판단하실 수 있으리라 생각합니다."

FBI의 조사관이라는 인물이 자신에게 신분증을 내미는 순간, 안톤은 그들이 무엇 때문에 자신을 찾아온 것인지 바로 깨닫지 못했다.

하지만 이곳으로 동행한 뒤, 조사관의 입에서 나온 설명에 자신이 사소한 욕심에 받은 돈이 얼마나 위험한 것인지 깨닫고는 머리가 새하얘지고 말았다.

그제야 사태의 심각성을 느꼈지만 이미 돌이킬 수 없는 일이었다.

그렇게 고민에 빠져 있던 안톤에게 조사관이 미처 말하지 못했다는 듯, 나지막이 한마디를 덧붙였다.

"아, 그리고 안톤 씨만 조사를 받는 것은 아닙니다. 만약 다른 곳에서 확실한 정보가 나온다면⋯ 안톤 씨에게는 그리 좋지는 않을 거라고 생각됩니다."

조사관의 마지막 말 한 마디에 안톤은 흔들리던 마음에 결심을 내렸고, 그가 아는 모든 사실을 천천히 털어놓기 시작했다.

*　　　*　　　*

어깨를 수그린 채, 힘없이 발걸음을 옮기는 안톤을 바라보며 중년 남성이 담배를 한 모금 빨더니 이내 훅하고 연기를 뱉었다.

그런 그를 바라보던 젊은 조사관이 천천히 입을 열었다.

"저자도 그저 말단 운반책일 뿐이었습니다. 무슨 물건인지는 전혀 모른다더군요. 그저 돈 때문에 물건을 운반했을 뿐입니다."

"지난번과 마찬가지로군. 그런데 이번에는 배송지가 메이저리거라… 그것도 한창 이름을 날리고 있다는 말이지?"

중년 남성은 그 말과 함께 다시금 담배를 한 모금 빨았다.

"후우, 지난번에 조사했던 녀석들은 다 마이너리거였지?"

"예. 하지만 물건에 대해서는 알 수가 없었습니다."

젊은 조사관의 말에 중년 남성이 가볍게 한숨을 쉬었다.

생각하고 싶지 않았지만, 지금까지의 조사대로라면 의심되는 것이 있었다.

지금껏 배송지는 모두 마이너리거였지만 오늘 안톤의 배송지는 지금까지와 달리 처음으로 메이저리거였다.

검은 돈과 비밀 배송 시스템, 그리고 야구 선수.

더군다나 이번에 나온 이름은 미친 듯한 활약으로 이슈를 일으키는 선수였기에 자연스럽게 '도핑'이라는 단어가 떠오를 수밖에 없었다.

몇 년 전에도 도핑 스캔들이 터지며 FBI가 나섰던 적이 있었기에 더더욱 그쪽으로 신경이 쏠리고 있었다.

"치밀한 녀석들이야. 쉽지 않겠어."

만약 전문 배송 업체를 이용했다면 특정한 패턴을 파악하는 것이 훨씬 수월했겠지만, 이들은 일회용 배달원을 이용했고, 비용도 배달이 끝나고 한참이 지난 뒤에야 지급했다.

그렇다고 확실한 물증 없이 선수들을 조사할 수도 없었다.

미국 반도핑 기구와 협력해 관련 선수들의 도핑 테스트자료를 넘겨받았지만 단 한 선수도 금지 약물이 검출되지 않았기에 더더욱 물증이 부족했다.

그나마 그들이 할 수 있는 메시지 내역이나 통화 내역에 대한 조사에서는 크게 의심스러운 부분을 찾을 수 없었다.

만약 그들이 생각한 '도핑'과 전혀 관련이 없거나, 혹은 그렇다고 하더라도 증거가 없다면 그들을 제재할 방법이 없었다.

그리고 그들에게서 도핑에 대한 증거를 잡는다고 하더라도 문제였다.

만약 그 소식이 총책에게 들어간다면 꼬리만 자르고 머리는 자취를 감출 확률이 높았다.

그리고 자취를 감춘 머리가 언제 어느 곳에서 꼬리를 새로이 만들지 아무도 모를 일이었다.

중년 남성은 머리가 지끈거리는 듯, 미간을 찌푸리더니 담배를 깊게 한 모금 빨아들였다.

그러자 그의 구겨졌던 미간이 천천히 펴지며 그 표정에 답답함이 한층 걷어졌다.

재떨이에 담배를 비벼 끈 중년 남성이 비장한 표정으로 젊은 조사관을 바라봤다.

"자, 그래도 할 일은 해야지?"

그 말과 함께 걸음을 옮기는 중년 남성의 뒤로 젊은 조사관이 빠르게 발걸음을 옮겼다.

제4장

월드시리즈 코리안 더비

　월드시리즈 1차전이 열리는 다저스타디움은 빈자리 하나 없이 56,000석이 빼곡히 들어차 있었다.

　2년 연속으로 홈에서 월드시리즈 1차전을 맞이한 팬들의 얼굴에는 너 나 할 것 없이 함박웃음이 피어나 있었다.

　지난 시즌에 이어 다시 한 번 레인저스와 월드시리즈 무대에서 맞붙게 되었지만 팬들은 올해도 다저스가 전승으로 우승하리라는 믿음을 가지고 있었다.

　지난 시즌에 이어 2년 연속으로 디비전 시리즈와 챔피언십 시리즈에서 7연승을 기록했기에 그런 기대를 가지는 것이기도 했다.

하지만 올 시즌의 레인저스는 그리 만만한 팀이 아니었다.

전통적으로 타격이 강한 팀으로 유명했던 레인저스는 지난 시즌의 패인이 되었던 선발진과 수비력을 완전히 보강하고 돌아와 있었다.

선발진 전원 10승 달성과 함께 루이스를 제외하고 3.51 이하의 방어율을 기록할 정도로 그 투구 내용 역시 뛰어났다.

비록 불펜의 한 축을 담당했던 오간도가 선발로 전환되고, 커크만과 오데이가 부진의 늪에 빠지며 허리가 부실해지긴 했지만, 그 빈자리를 선발진이 단단히 메우고 있었다.

여기에 25홈런 이상 타자만 6명을 배출했을 정도로 타선의 파괴력은 더욱 막강해져 있었다.

여기에 지난 시즌 큰 구멍이었던 3루에 벨트레가 합류하며 수비의 짜임새도 더욱 단단해진 상태였다.

모든 면에서 아메리칸리그의 최강자다운 모습을 보이고 있었고, 그 결과는 다저스와 마찬가지로 디비전 시리즈와 챔피언십 시리즈 도합 7연승이라는 성적이었다.

하지만 다저스도 만만치 않은 전력을 보유하고 있었다.

비록 30홈런 이상을 기록한 타자가 2명에 불과할 정도로 타선의 파괴력은 레인저스에 비해 떨어졌지만, 불세출의 타자가 존재했다.

민우의 시즌 82홈런이라는 기록은 아무나 흉내 낼 수 있는 것이 아니었고, 기회가 온다면 언제든지 날려 보낼 수 있다는 의미였기에 레인저스를 압도하기에 충분했다.

여기에 다저스는 전통적으로 투수의 팀이었다.

그리고 올 시즌, 다저스의 미래라 칭해지는 커쇼는 그 성적의 방점을 찍었다.

21승 5패, 방어율 2.28.

다승, 평균 자책점, 삼진 1위로 트리플 크라운을 차지하며 그 기량이 만개한 모습이었다.

여기에 기존 4선발이 모두 준수한 활약을 보이며 전원 10승 달성을 기록했고, 불펜 주축 선수들 역시 2점대 초반의 방어율로 그 방패를 더욱 단단히 다지고 있었다.

올 시즌의 월드시리즈야말로 진정한 창과 방패의 대결이라고 할 수 있었다.

7연승 대 7연승.

그리고 내셔널리그 홈런왕 대 아메리칸리그 홈런왕의 맞대결이라는 최고의 대결까지 함께 마련되어 있었다.

전에 없던 최강 팀들이 월드시리즈에서 맞붙게 되었기에 그 관심 또한 그 어느 때의 월드시리즈보다 높았다.

그리고 그 1차전 무대가 바로 지금, 다저스타디움에서 시작되고 있었다.

커쇼는 오늘이 바로 긁히는 날이라는 듯, 상하좌우를 가리지 않고 미친 구위를 선보이고 있었다.

슈우욱!

팡!

"스트라이크 아웃!"

"아웃!"

"스트라이크 아웃!"

"와아아아!"

"역시 커쇼야!"

레인저스의 3번 타자, 해밀턴은 몸 쪽 구석을 찔러 들어오는 포심 패스트볼에 멍하니 선채로 삼진을 당하고는 헛바닥을 내밀며 놀란 표정을 지었다.

빠지는 공이라 생각했지만, 어느새 정확히 라인을 타고 들어오고 있었다.

그리고 당연하다는 듯, 한 치의 고민도 없이 주심의 손이 절로 올라갔고, 삼진을 당하고 말았다.

'오늘 경기는 정말 어렵겠는데.'

해밀턴은 겨우 첫 타석이었지만 지금껏 치렀던 그 어떤 경기보다 오늘 경기가 어려우리라는 것을 몸소 깨닫고 있었다.

올 시즌, 인터 리그에서조차 만날 일이 없었던 두 팀이었기에 커쇼의 구위가 더욱 압도적으로 느껴지는 것인지도 몰랐다.

공 8개로 세 타자에게서 두 개의 삼진을 뽑아낸 커쇼가 강렬한 인상을 풍기며 마운드를 내려갔다.

─루킹 삼진! 이야~ 1회에만 2개의 삼진을 뽑아낸 커쇼가 위풍당당한 모습으로 이닝을 마무리 짓습니다.

─초반부터 압도적인 구위를 선보이며 레인저스의 상위타선에 일말의 기회조차 주지 않는 모습입니다.

커쇼의 압도적인 투구에 지지 않겠다는 듯, 레인저스 선발로 나선 윌슨도 다저스의 세 타자를 깔끔하게 처리하며 첫 이닝을 매조지었다.

1회가 서로에 대한 탐색전이었다면 2회에는 양 팀 모두 중심 타선으로 이어지며 본격적으로 배트를 휘두르기 시작했다.

그 포문을 연 것은 레인저스의 중심이자 아메리칸리그 홈런왕이라는 거창한 타이틀을 따낸 태성이었다.

슈우우욱!

팡!

"스트라이크!"

하지만 커쇼는 그런 태성의 타이틀이 무색하게 초구부터 강렬한 스트라이크를 꽂아 넣으며 우위를 선점했다.

그 압도적인 구위에 한 방을 먹은 태성의 표정에 미묘하게 놀라움이 깃들었다.

겨우 단 하나의 공이었지만 그 공이 말해주는 것은 간단했다.

'오늘 경기는 쉽지 않을 것이다.'

태성은 디비전 시리즈와 챔피언십 시리즈에서 느끼지 못했던 거대함을 커쇼에게 느끼고 있었다.

아메리칸리그에 벌랜더가 있었지만, 포스트 시즌에서의 그는 그저 평범한 투수 그 이상도 아니었다.

하지만 오늘 처음 상대하는 커쇼의 구위는 가히 리그 최강의 투수라고 자부해도 될 만큼 압도적인 구위와 제구력을 보이고 있었다.

하지만 그런 놀라움도 잠시, 태성은 배트를 다잡으며 의지를 불태웠다.

'이번 시리즈에서 최고의 타자는 강민우가 아닌 강태성이라는 것을 모두에게 알려줘야 한단 말이다.'

공 하나를 맞이한 뒤, 불타오르는 태성의 눈빛에 커쇼도 두 눈을 빛냈다.

커쇼가 태성의 스카우팅 리포트를 살펴보며 내린 판단은

단 하나였다.

'좋은 타자지만 말 그대로 수위 타자일 뿐. 내 공은 민우 정도의 타자가 아닌 이상 칠 수 없다.'

커쇼는 그런 생각과 함께 또 하나의 공을 스트라이크존을 향해 강하게 뿌렸다.

슈우우욱!

부웅!

팡!

"스트라이크!"

97마일의 강력한 패스트볼이 하이 코스로 파고들었고, 태성의 배트가 허공을 가르며 파공음을 흘렸다.

칠 수 있으리라 생각했던 공이 가볍게 떠올랐다.

실제로 떠오른 것은 아니겠지만 태성의 눈에는 그런 궤적을 보았다.

그리고 그 현혹스러운 움직임이 태성의 배트를 무디게 만들었다.

노 볼 2스트라이크.

타자에게 압도적으로 불리한 카운트가 만들어졌다.

그리고 또 하나의 공이 스트라이크존을 파고드는 듯 보였다.

하지만 이번에는 뚝 떨어지는 슬라이더였다.

두 번 연속으로 배트를 헛돌리며 삼진을 당한 태성의 미간이 와락 찌푸려졌다.

하이 패스트볼 이후 떨어지는 변화구는 너무나도 유혹적인 공이었다.

어느 정도 예상을 한 공이었기에 배트를 내민 것이지만 건드릴 수가 없었다.

'젠장, 또 진통이…….'

스트라이드를 내딛는 순간 느껴진 통증에 순간적으로 집중력이 흐트러지며 헛스윙을 하고 만 것이었다.

하지만 관중들의 눈에는 그저 태성이 커쇼의 공을 전혀 건드리지 못하는 것처럼 보이고 있었다.

"풉! 저 녀석도 별거 아니네?"

"아메리칸리그의 허접한 투수들을 상대하다가 커쇼를 상대하니 손을 못 쓰는 거겠지."

다저스의 팬들이 떠드는 목소리가 나지막이 들려오자 태성이 미간을 찌푸렸다.

'후우, 기다려라. 이제 겨우 첫 타석일 뿐이니까.'

더그아웃으로 돌아가며 커쇼를 노려보던 태성은 그 너머로 보이는 민우의 모습에 기분이 나쁘다는 듯, 고개를 휙 돌려 버렸다.

민우는 그런 태성의 눈빛을 신경 쓰지 않는다는 듯, 제자리에서 통통거리며 발을 풀 뿐이었다.

*   *   *

"삼진인데요?"

경기장의 분위기에 전혀 어울리지 않게 정장을 입은 젊은 남자의 말에 마찬가지로 정장을 입은 중년 남성이 고개를 끄덕였다.

"약 빨아도 삼진은 당한다. 이놈이든 저놈이든 빨았으면 걸리는 거야. 그리고 어차피 전수조사 들어갈 거잖냐. 그러니 지금은 그냥 편하게 지켜보자고. 시료는 경기가 끝나야 채취할 수 있으니까."

"예. 그런데 정말 강태성만 약을 빨았을까요? 강민우도 그럴 수 있겠다 싶은데요… 그 리스트를 믿어도 되는 건지……"

젊은 남성의 의문스러운 목소리에 중년 남성이 고개를 돌려 그를 바라봤다.

그 따끔한 시선에 젊은 남성은 조용히 입을 다물고 그라운드로 시선을 돌렸다.

*   *   *

커쇼가 2회 초, 레인저스의 중심 타선을 완벽하게 봉쇄하는 모습에 다저스의 팬들은 벌써부터 1차전의 승리를 점치기 시작했다.

그리고 2회 말, 다저스의 4번 타자, 민우의 타석부터 공격이 시작되었다.

이미 지난해, 민우에게 호되게 당했던 레인저스였기에 그 위용을 잘 알고 있었다.

그래서인지 마운드에 오른 윌슨의 투구 내용도 1회와는 전혀 다른 모습으로 바뀌어 있었다.

레인저스의 배터리는 민우가 가장 강한 모습을 보이는 포심 패스트볼을 하나도 던지지 않았다.

대신 변형 패스트볼 위주로 좌우 스트라이크존을 넘나드는 투구를 이어가며 민우의 배트를 유인하는 모습이었다.

윌슨은 1회의 호투가 플루크는 아니었다는 듯, 제구력 역시 완벽한 모습을 보이고 있었다.

호기로이 던지는 공이 족족 얻어맞는 모습을 보아서인지 스트라이크 판정을 받은 공도 경우에 따라 볼이 될 정도로 미세하게 걸치는 수준이었다.

'절대로 좋은 공은 주지 않겠다 이거지.'

민우는 그런 윌슨의 투구를 지켜보며 공을 눈에 익히고, 타이밍을 잡아가고 있었다.

어차피 경기가 초반인 데다, 주자도 없는 상황이었기에 4번 타자답게 큰 스윙을 시도하기에도 적절한 시기였다.

민우는 그런 생각과 함께 발을 풀고 배트를 가볍게 휘두르며 근육이 긴장하지 않게 풀어주고는 다시금 배터 박스에 들어섰다.

하지만 겉으로는 그런 생각을 드러내지 않아 타인의 눈에는 신중에 신중을 기하는 모습으로 보이고 있었다.

슈우욱!

팍!

"볼!"

단 하나의 스트라이크를 잡은 채 세 번째 볼이 포수의 미트에 꽂혔다.

볼카운트 3볼 1스트라이크.

오늘 경기에서 레인저스의 선발 포수로 나선 나폴리는 자신이 내민 위치에 정확히 꽂히는 윌슨의 공에 절로 고개를 끄덕였다.

조금 전의 공은 웬만한 타자라면 충분히 휘둘렀으리라 생각되는 완벽한 공이었다.

하지만 가장 중요한 민우의 배트는 제자리에 멈춰 서 있었다.

그 모습에 나폴리는 투수에게 보이지 않게 가볍게 한숨을 쉬었다.

'후우. 이 공까지 흘려보내면… 정말 힘든데.'

그 명성답게 만만치 않았다.

윌슨이 실질적인 레인저스의 에이스라면 민우는 허투루 82홈
런을 때린 타자가 아니었다.

82개라는 숫자가 이미 숱한 견제와 유인구를 파훼하고 때
려내야만 가능한 숫자이기 때문이었다.

나폴리가 할 수 있는 것은 맞더라도 최대한 타이밍을 어긋
나게 만들고, 스위트 스폿에서 벗어나게 만드는 것을 유도하
는 것뿐이었다.

그리고 그런 생각은 타자의 머릿속에 없는 수를 선택해야
했고, 투수가 완벽한 공을 던져주어야만 가능한 일이었다.

'허를 찌르는 공을 던져야 해. 하지만… 과연 이 녀석이 때
려내지 못할 공이라는 게 있을까?'

포심 패스트볼부터 다양한 변화구까지.

민우의 스카우팅 리포트에서 가장 낮은 타율을 기록했던
공은 너클볼이었고, 그마저도 3할 초반의 타율을 보이고 있었
다.

물론 윌슨이 너클볼을 뿌릴 수는 없었지만, 그만큼 정교한
타격을 자랑한다는 의미였다.

지금이야 주자가 없는 상황이니 다행이었지만, 만약 주자를

내보낸 실점 위기 상황에서 민우와 다시 맞닥뜨려야 한다는 생각에 이르자 등골이 오싹한 기분이었다.

나폴리는 생각을 거듭할수록 느껴지는 압박감에 빠르게 머릿속을 정리하고는 사인을 냈다.

계속 머리를 굴리다가는 위기를 자초할 것만 같은 기분 때문이었다.

'몸 쪽에 바짝 붙이는 커터. 카운트를 잡자.'

사인을 보낸 나폴리는 윌슨의 고개가 끄덕여지자 곧장 미트를 팡팡 두드리며 자신감을 끌어 올렸다.

잠시 숨을 고르던 윌슨이 곧 와인드업 자세를 취한 뒤, 강하게 공을 뿌렸다.

슈우욱!

윌슨의 손을 떠난 공이 총알처럼 민우를 향해 쏘아졌다.

민우는 허리 부근을 파고드는 매서운 공의 움직임에도 온 신경을 집중하며 스트라이드를 내디뎠다.

그리고 미묘하게 스트라이크존 안쪽으로 휘어지는 공을 따라 매섭게 배트를 휘둘렀다.

따아악!

민우의 배트가 강렬한 타격음과 함께 불을 뿜었고, 낮게 쏘아진 타구는 곧장 태성을 향해 날아가기 시작했다.

총알같이 쏘아진 타구였지만, 태성은 날랜 동작으로 점핑 캐치를 시도했다.

'잡았…….'

글러브를 뻗어 올린 태성이 잡았다는 생각과 함께 미소를 지으려는 순간.

쑤아아악!

'어?'

당연히 느껴져야 할 손의 울림 대신, 바람을 가르는 소리와 함께 타구가 뒤쪽으로 흘러나갔다.

"와아아아아!"

"안타다!!"

"2루타 코스야!"

ㅡ빠졌습니다! 1루수의 글러브를 아슬아슬하게 스쳐서 외야로 빠져나가는 타구!

이해할 수 없는 현실에 황당해하던 태성의 앞으로 1루 베이스를 밟은 민우가 빠르게 지나쳐 2루로 달려갔다.

'저 새끼…….'

태성은 지나쳐 가는 민우의 입가에 걸린 미소가 마치 자신을 비웃는 듯이 느껴졌다.

하지만 이미 1루를 지나간 민우는 2루에 여유 있게 안착하며 타임을 요청하고 있었다.

―아~ 카운트를 잡으러 들어가는 공이었는데요. 완벽한 코스로 찔러 들어가는 공을 강민우 선수가 끝까지 보고 받아치면서 완벽한 2루타를 만들어냈습니다.

―강태성 선수가 잡을 수도 있는 타구였지만, 타구가 워낙에 빨랐던지 미처 손을 대지도 못하는 모습이었습니다.

2루에 안착한 채, 다가오는 1루 코치에게 보호 장구를 건네던 민우는 그 뒤로 보이는 태성의 굳어진 얼굴에 미소를 지었다.

'궁금하겠지. 왜 잡지 못했는지.'

사실 정상적인 타구였다면 영락없이 잡히는 코스였다.

하지만 논 스핀 히트가 타이밍 좋게 발동되면서 타구의 궤적이 불규칙적으로 바뀌었고, 태성의 글러브 옆으로 빠져나가게 된 것이었다.

찰나의 순간이었기에 태성은 그런 점을 눈치채지 못한 것 같았다.

'뭐, 그건 그거고. 올스타전 때도 그랬지만… 저 눈빛, 마음에 안 든단 말이지.'

민우는 태성의 눈빛에서 느껴지는 강한 적대감이 꽤나 거

북했다.

엄밀히 따져보면 오히려 저런 눈빛을 보내야 하는 것은 그가 아니라 바로 민우 자신이었다.

하지만 민우는 불행했던 과거를 뒤로한 채, 미국에서 자신만의 길을 걸어 이 자리에 올라왔다.

그러면서 과거의 불행했던 기억도 모두 떨쳐 버렸다.

하지만 태성의 기분 나쁜 눈빛은 떨쳐 버렸던 과거의 나약했던 모습이 다시금 떠오르게 만들고 있었다.

그러자 민우는 가볍게 고개를 흔들고는 2루 베이스를 딛고 섰다.

지금은 태성의 사소한 눈빛을 신경 쓸 때가 아니었다.

'경기에 집중하자. 운이 좋다면 득점까지 가능해.'

월슨의 구위를 보았을 때, 오늘 경기는 투수전으로 이어질 확률이 높았다.

그리고 민우의 예상대로 켐프의 타구는 연신 파울라인을 벗어나고 있었다.

'떨까?'

그 모습에 민우는 도루를 염두에 두며 리드 폭을 넓혀갔다.

슈우욱!

딱!

몰린 볼카운트에서 뿌려진 윌슨의 하이 패스트볼에 켐프의 배트가 다시 한 번 돌아 나왔다.

켐프의 타구는 마치 번트를 댄 것처럼 홈 플레이트 앞에서 힘없이 튀어 올랐고 거리를 벌리던 민우는 고민 없이 3루를 향해 스타트를 끊었다.

타다닷!

예상치 못한 바운드에 투수와 포수가 동시에 앞으로 달려 나왔지만, 3루로 향한 민우를 잡기에는 늦은 모습이었다.

결국 공을 주워 든 윌슨이 1루를 선택하며 켐프가 아웃을 당했고 상황은 1사 주자 3루로 바뀌었다.

―높은 공 타격! 먹힌 타구! 투수가 주워서 3루를 바라보고는 1루로 뿌립니다.

―제대로 타격되지 않은 타구였지만 오히려 그것이 행운이 되어 2루 주자를 3루까지 보내는 진루타가 만들어졌습니다.

짝짝짝!

비록 아웃이 되었지만 진루타를 만들어내는 데에 성공한 켐프를 향해 다저스 팬들이 박수를 쳐주었다.

순식간에 3루까지 점령한 민우의 모습에 태성이 이를 악물었다.

그 머릿속에는 아직도 민우가 날린 타구의 잔상이 남아 있었고, 그 타구를 잡았다면 실점 위기도 없었으리라는 생각 때문이었다.

'플라이만 나오지 않으면 돼. 플라이만.'

커쇼의 구위를 보았을 때, 2점 이상의 실점은 곧 패배로 직결될 수 있었다.

하지만 그런 태성의 기대가 무색하게 캠프에 이어 타석에 들어선 유리베가 큼지막한 타격음과 함께 타구를 높이 띄워 버렸다.

따악!

스위트 스폿에 정확히 맞지 않은 듯, 둔탁한 타격음이 울려 퍼졌다.

힘껏 퍼올린 듯, 휘청거린 뒤에야 1루로 향하는 유리베였지만 그 타구는 생각보다 크게 뻗어나가지 못하는 모습이었다.

―2구! 때렸습니다! 외야로 타구를 보냈습니다만, 약간 짧아 보이는데요!

타구가 잡히는 것은 확실했고, 문제는 3루 주자인 민우를 잡을 수 있느냐였다.

좌익수인 머피가 슬금슬금 앞으로 걸음을 옮기기 시작했고, 곧 그의 글러브에 유리베의 타구가 빨려 들어갔다.

―좌익수! 잡고 3루 주자 스타트! 홈으로 쏩니다!

타다다닷!

그와 동시에 민우가 총알같이 스타트를 끊었다.

주변 풍경이 빠르게 뒤로 밀려갔고, 마치 공기에 베일 것처럼 날카로운 바람 소리가 민우의 귓가를 스쳐 지나가고 있었다.

타석 근처에서 바라하스가 양손을 내리는 제스처를 보이는 모습에 민우가 방향을 살짝 옆으로 틀며 비스듬히 몸을 날렸다.

촤아아악!

팍!

포수에게서 몸을 최대한 멀리 떨어뜨리며 민우의 손이 홈 플레이트를 스치고 지나갔고, 그 뒤에야 포수가 공을 포구하며 몸을 날렸다.

하지만 민우를 잡기에는 한참이나 부족한 모습이었다.

―홈으로! 세이프! 주자가 먼저 홈을 찍습니다! 유리베의 희

생 플라이! 그리고 강민우 선수는 득점에 성공합니다! 선취점을 뽑아내는 LA다저스! 스코어 1 대 0!

─잠시 잊고 있었습니다만, 강민우 선수는 펀치력뿐 아니라 주력도 겸비하고 있었죠. 그리고 지금 바로 그 주력으로 가볍게 득점에 성공하는 모습입니다.

'잡아! 잡으라고!'

유리베의 타구가 잡히고, 홈으로 공이 쏘아지고, 태그를 시도하는 그 모습을 뚫어져라 바라보던 태성은 민우가 여유롭게 홈을 훔치는 모습에 거칠게 욕설을 내뱉었다.

"젠장!"

화가 났다.

결국 자신이 그 타구를 잡지 못한 것이 빌미가 되어 1점을 내어준 것이었다.

여기에 첫 타석에서 삼진을 당했던 것이 다시금 떠오르자 짜증이 솟아올랐다.

'젠장! 젠장!'

딱!

순간, 둔탁한 타격음과 함께 눈앞으로 튕겨 오르는 공에 태성이 본능적으로 글러브를 들이밀었다.

"헉!"

팍!

그리고 1루를 향해 달려오는 바라하스의 모습에 태성이 급히 1루 베이스를 밟았다.

그 모습에 바라하스는 그대로 몸을 틀어 더그아웃으로 향했고, 그를 대신해 2루수인 킨슬러가 다가왔다.

"헤이, 태성. 아까부터 왜 그러는 거야?"

그 물음에 태성은 또 하나의 실수를 더할 뻔했다는 것에 이를 악물었다.

그 모습에 킨슬러가 그 어깨를 툭 치며 더그아웃으로 달려갔다.

"정신 차려. 월드시리즈라고."

그 말에 태성이 주먹을 쥐고는 수비 위치로 달려가는 민우를 노려봤다.

'빌어먹을 새끼.'

2회 말, 다저스가 올린 선취점을 끝으로 경기는 모두의 예상대로 투수전으로 흘러가기 시작했다.

커쇼와 윌슨의 호투 속에 8회까지 스코어는 여전히 1 대 0이었다.

모두가 기대했던 민우와 태성의 홈런포도 터지지 않았다.

민우는 7회 선두 타자로 나서 윌슨에게 또 하나의 2루타를 날리며 우세를 보였다.

반면, 태성은 3타수 무안타 1삼진으로 커쇼에게 완전히 고전하고 있었다.

그리고 9회 초, 마운드에 다시금 커쇼가 올라오는 모습에 다저스의 팬들이 기대에 찬 눈빛을 보내기 시작했다.

투구 수는 아직 90개에 불과했기에 충분히 완봉을 점칠 수 있었기 때문이었다.

그리고 커쇼는 그런 팬들의 기대에 걸맞은 투구를 9회에도 선보였다.

선두 타자로 나선 킨슬러를 공 4개 만에 삼진으로 돌려세우며 1아웃을 채운 커쇼는 뒤이어 앤드루스를 중견수 플라이로 돌려세우며 2번째 아웃 카운트를 채웠다.

완봉승과 함께 1차전 승리를 눈앞에 둔 팬들이 휘파람을 불며 박수를 치기 시작했다.

하지만 전혀 예상치 못한 장면이 터져 나오며 팬들을 경악에 빠뜨렸다.

역동적인 와인드업과 함께 뿌려진 커쇼의 공을 해밀턴이 그대로 받아쳤다.

따아악!

그런데 타구는 뿌려진 속도보다 더욱 빠르게 커쇼에게로 되돌아갔다.

그리고 곧장 커쇼의 머리를 강하게 강타했다.

빡!

"악!"

나지막한 비명 소리와 함께 타구가 높이 떠오른 뒤 그라운드로 내려섰다.

순간적으로 벌어진 상황에 3루수인 유리베가 빠르게 달려 나와 공을 주워 들었지만 해밀턴은 이미 1루를 밟고 지나간 뒤였다.

하지만 해밀턴은 출루의 성공에도 기뻐하지 못한 채, 머리를 감싸 쥐고 망연자실한 표정을 짓고 있었다.

마운드 위에 굳건히 서 있던 커쇼는 마운드에 엎어진 채, 고통에 몸부림치고 있었다.

─어우! 해밀턴의 타구가 그대로 커쇼의 머리를 직격했습니다.

─아… 머리를 부여잡고 상당히 고통스러워하고 있는데요. 의료진이 빨리 나와봐야 할 것 같습니다.

"꺄아아악!"

"안 돼!"

"오 이런……."

완봉에 대한 기대와 흥분으로 끓어오르던 다저스타디움은 순식간에 벌어진 상황에 싸늘하게 식어가기 시작했다.

순식간에 벌어진 상황에 가장 가까운 곳에 있던 내야수들이 빠르게 커쇼에게 다가갔다.

뒤이어 다저스의 더그아웃에서 트레이너와 코칭스태프가 우르르 몰려나와 마운드로 달려갔다.

'안 돼!'

커쇼가 공에 맞는 것을 확인한 민우는 충격을 받은 표정으로 빠르게 내야로 달려갔다.

커쇼가 타구에 강타당하며 울렸던 충격적인 소리가 민우의 귓가에서 계속해서 메아리치고 있었다.

민우는 그 누구보다 부상에 대한 공포와 고통을 잘 알고 있었기에 커쇼의 상태가 심히 걱정되고 있었다.

가까이서 본 커쇼의 상태는 꽤나 심각해 보였다.

타구의 강력함을 말해주듯 머리에서 피가 흘러내리고 있었다.

그나마 다행인 점은 커쇼가 고통에 얼굴을 찡그리면서도 정신을 놓지 않고 있다는 것이었다.

트레이너는 커쇼를 안전하게 눕히고 지혈을 한 뒤, 상태를 확인하기 위해 손가락을 들어 보이고 계속해서 질문을 건넸다.

─완봉까지 아웃 카운트 단 하나를 남겨두고 불상사가 발생하고 말았습니다. 괜찮아야 할 텐데요.

─타구를 날린 해밀턴 선수도 곧장 대주자로 교체가 되는군요. 아마 해밀턴 선수도 정신적으로 충격이 상당하리라 보입니다. 커쇼 선수에게 부디 큰 일이 없기를 간절히 바랍니다.

그사이 경기장 안으로 카트가 들어와 커쇼를 태웠다.

다저스의 팬들뿐 아니라 상대 팀인 레인저스의 선수들도 박수를 치며 실려 나가는 커쇼를 격려했다.

커쇼는 자신을 걱정하는 이들에게 애써 웃음을 보이고 있었다.

'부디 별일 아니길……'

민우는 선수들 사이에서 멍하니 커쇼의 모습을 바라볼 뿐이었다.

선수들의 분위기가 무겁게 가라앉는 모습에 유리베가 선수들의 등을 두드리며 침묵을 깨뜨렸다.

"자! 정신들 차리자! 아웃 카운트 하나만 잡으면 끝이야! 우리가 이러고 있으면 커쇼가 더 미안해할 거다. 빨리 끝내고, 기분 좋게 커쇼 얼굴 보러 가자!"

유리베의 목소리에 선수들도 하나둘 정신을 가다듬으며 고개를 끄덕였다.

그리고 각자의 포지션으로 되돌아가 자리를 잡았고, 마운드에는 커쇼를 대신해 귀홍치가 올라오며 경기가 재개되었다.

하지만 상황은 그리 녹록치만은 않아 보였다.

커쇼의 투구가 워낙 압도적이었던 데다 아웃 카운트가 단하나가 남아있었기에 불펜은 느긋하게 대기를 하고 있었다.

하지만 충분히 예열이 되지 않은 상황에서 하필이면 상대해야 하는 타자가 레인저스의 4번, 강태성이었다.

상황적 불리함에 아메리칸리그 홈런왕을 상대해야 한다는 압박감이 귀홍치의 어깨를 짓누르고 있었다.

민우는 멀찍이 보이는 귀홍치의 뒷모습에서 느껴지는 불안감을 어렴풋이 눈치채고 있었다.

'상황이 상황인 만큼 긴장할 수밖에 없겠지. 장타만 아니면 돼. 그럼 귀홍치의 예열도 끝날 거야.'

그러면서도 민우는 태성의 장타를 생각하며 평소의 수비 위치보다 수 미터를 뒤로 물러서며 혹시 나올 장타를 막아낼 준비를 마쳤다.

태성은 바뀐 투수인 귀홍치를 바라보며 속으로 나지막이 미소를 짓고 있었다.

'천운이야. 내 바로 앞에서 커쇼가 저렇게 될 줄 누가 알았

겠어.'

태성은 비록 직접 한 방을 먹이지 못했지만 이건 이거대로 좋다고 생각했다.

조금 전까지만 해도 팀은 패배의 위기에 직면해 있었고, 태성에게는 설욕의 기회조차 돌아오지 않을 상황이었다.

비록 커쇼가 헤드샷을 맞고 실려 나갔지만, 걱정보단 결정적인 상황에서 모두의 주목을 받을 수 있는 기회를 얻었다는 것에 기쁨을 느끼고 있었다.

'후후후. 커쇼라면 어려웠겠지만 예열이 부족한 이 녀석이라면… 넘겨줘야겠지.'

태성의 목표는 단순한 안타 하나가 아니었다.

모두의 이목을 자신에게 집중시킬 수 있는 홈런을 노리고 있었다.

특히나 자신이 민우의 타구를 놓치면서 유일한 실점으로 이어졌기에 더더욱 자신의 손으로 경기를 뒤집고 싶었다.

비록 원정 경기였기에 끝내기 홈런이라는 멋진 장면을 만들 수는 없었지만, 경기의 주인공이 되는 것은 변함이 없었다.

그런 생각과 함께 태성이 천천히 타격 자세를 취했다.

그리고 가볍게 심호흡을 한 귀홍치의 손에서 공이 뿌려지기 시작했다.

슈우욱!

초구는 바깥쪽 낮은 코스를 노리고 들어오는 97마일짜리 포심 패스트볼이었다.

불같은 강속구였지만 이미 커쇼의 빠른 공이 눈에 익은 태성이었기에 거침없이 배트를 내돌렸다.

따아악!

깨끗한 타격음에 귀홍치를 응원하며 소리를 지르던 팬들이 일순 입을 다물고 고개를 들었다.

태성이 크게 퍼 올린 타구는 1루 측 파울라인을 따라 날아가고 있었다.

태성은 그 타구를 바라보며 미간을 살짝 찌푸렸다.

타이밍이 맞았다고 생각했는데 배트가 아주 살짝 밀렸고, 그 때문에 타구가 애매하게 날아간 것이었다.

'들어가! 들어가라!'

타구는 펜스와 가까워지는 만큼 파울라인 쪽으로 조금씩 휘어지고 있었다.

곧 폴대를 아슬아슬하게 스쳐 지나간 타구가 펜스 바깥으로 떨어졌다.

타구를 쫓던 수많은 팬의 시선이 곧장 판정을 내려줄 1루심에게로 돌아갔다.

그 시선에 1루심은 단호한 표정으로 양팔을 들어 보였다.

홈런이 아닌 파울 선언이었다.

태성은 그 판정에 속으로 욕지거리를 내뱉었다.

'젠장맞을!'

넝쿨째 굴러들어 온 기회를 날려 버렸다는 생각에 태성의 미간이 와락 찌푸려졌다.

'후우, 다행이네.'

민우는 태성의 타구가 파울로 판정이 내려지는 모습에 나지막이 안도의 한숨을 내쉬었다.

'바람이 3루에서 1루 방향으로 불지 않았다면 그대로 홈런이었을 거야.'

다저스타디움은 현재 좌에서 우로 바람이 불고 있었다.

그 풍속이 강한 편은 아니었지만 타구에 미묘한 변화를 주기에는 충분한 수준이었다.

하지만 행운은 한 번도 많았고, 두 번의 행운을 바라는 것은 욕심이었다.

귀홍치가 스트라이크 카운트 하나를 가져간 채, 대결은 다시 시작되었다.

슈우욱!

팡!

"볼!"

2구는 살짝 휘어지며 떨어지는 슬라이더였다.

그 공을 그대로 흘려보낸 태성이 이어 3구를 맞이했다.

슈우욱!

팡!

"스트라이크!"

3구는 기습적으로 몸 쪽에 붙여 넣은 슬라이더로 스트라이크가 되었다.

패스트볼을 예상했던 태성은 그 공을 그대로 흘려보냈지만 스트라이크가 되자 황당하다는 듯한 표정으로 주심을 바라봤다.

"조금 빠지지 않았습니까?"

"정확히 걸쳤어."

태성의 물음에 주심은 단호한 표정으로 고개를 저었다.

그 모습에 태성이 다시 고개를 돌려 마운드를 바라봤다.

귀홍치는 포심과 슬라이더의 투 피치 유형의 투수였기에 태성이 생각할 수는 그리 많지 않았다.

'패스트볼로 하나만 넣어라. 바로 후려갈겨 줄 테니.'

태성은 귀홍치가 가장 자신 있어 하고 그 투구의 8할이 포심 패스트볼이라는 것을 스카우팅 리포트를 통해 잘 알고 있었다.

결국 자신을 처음 상대하는 것이었기에 그를 잡으러 들어오는 공 역시 가장 자신 있는 패스트볼이라는 생각을 가지고 있었다.

수년간의 선수 생활을 통해 쌓은 경험과 직감이 그렇게 말해주고 있었다.

이윽고 사인 교환과 함께 1루를 바라보던 궈훙치가 세트 포지션으로 강하게 공을 뿌렸다.

슈우우욱!

궈훙치의 손을 떠난 공이 가볍게 떠오르며 하이 코스로 찔러 들어왔다.

동시에 태성이 스트라이드를 내디디며 강하게 배트를 휘둘렀다.

따아아악!

강렬한 타격음과 함께 크게 떠오른 타구의 모습에 태성이 입가에 미소를 지었다.

손끝에서 느껴지는 짜릿한 느낌이 홈런임을 직감하게 하고 있었다.

─퍼 올린 타구! 이번에는 센터 방면으로 뻗어가는 타구! 큽니다! 계속 갑니다!

후련하다는 듯, 배트를 옆으로 휘둘러 던져 버린 태성이 1루를 향해 달려가며 레인저스의 더그아웃을 바라보고는 가볍게 포효했다.

그 모습에 난간에 매달려 환호성을 내지르던 레인저스 선수들이 '어어?' 하는 표정을 지어 보이기 시작했다.

그 모습에 태성은 부지불식간에 떠오른 불안감에 고개를 휙 돌려 외야를 바라봤다.

그리고 펜스를 향해 매섭게 달려가는 한 인영을 발견하고는 미간을 와락 찌푸렸다.

'설마 저 새끼가?'

타구가 떠오르자마자 그려지는 궤적에 민우는 고민 없이 하나의 스킬을 사용했다.

'대도!'

지잉—

동시에 다리 근육을 바짝 조이며 민우가 스퍼트를 끊었다.

타다다닷!

타구의 궤적을 알려주는 붉은빛의 라인이 낮게 그려진 만큼 타구의 속도가 빨랐다.

대도 스킬을 사용하고도 잡을 수 있을지 확신이 들지 않았지만 민우는 최선을 다해 달려가고 있었다.

그리고 라인의 끝은 펜스 위로 1미터 이상 높이 그려져 있었다.

하지만 이런 경험을 수 없이 겪었던 민우에게 그 타구는 잡을 수 없는 타구라고 생각되지 않았다.

붉은색은 잡을 확률이 1%라도 존재한다는 뜻이었다.

더군다나 부상을 당한 커쇼의 승리를 지키기 위해서 더더욱 넘겨 보낼 생각이 없었다.

'잡는다!'

목표는 그것뿐이었다.

전력으로 달리며 타구보다 한 발짝 먼저 펜스에 도달한 민우는 능숙하게 펜스를 딛고 공중으로 몸을 띄웠다.

"하앗!"

동시에 글러브를 쥔 손을 쭉 뻗어 올렸고, 뒤이어 묵직한 느낌과 함께 가죽이 울리는 소리가 들려왔다.

─이 타구는 그대로~ 워우! 건져냅니다! 강민우 선수가 강태성 선수의 역전 홈런을 완벽하게 훔쳐냅니다!

─크으! 정말 잘 맞은 타구였는데요. 메이저리그 수비란 바로 이런 것이다! 이렇게 말하는 것 같습니다!

─정말 멋진 수비로 마지막 아웃 카운트를 채우는 강민우 선수! 스코어 1 대 0으로 월드시리즈 1차전은 다저스가 가져가게 됩니다.

─아~ 이 장면을 지켜보고 있을 커쇼 선수가 정말 좋아하 겠네요. 오늘 경기는 이렇게 종료가 됩니다!

1루를 지나며 설마가 현실이 되는 모습을 보고 만 태성이 힘없이 걸음을 멈추고 말았다.

'이건 말도 안 돼!'

믿고 싶지 않았다.

손맛도, 동료들의 반응도 분명 홈런이었다.

하지만 잡히고 말았다.

민우에게 수없이 홈런을 도둑맞던 선수들의 리스트에 자 신의 이름이 추가되었다는 것을 믿고 싶지 않았다.

'하필이면……'

변명의 여지가 없었다.

태성이 최고의 타격을 선보였다면 민우는 홈런을 훔쳐낼 만큼 최고의 수비를 보여준 것이었다.

하지만 경외심은 들지 않았다.

그의 마음속에 자리 잡기 시작한 것은 질투의 감정이었다.

환한 미소를 지은 채, 동료들과 담소를 나누는 그 모습이 너무나도 미웠다.

"잘했다. 저 녀석만 아니었다면 넘어갔을 거야."

1루 코치가 다가와 위로를 건넸지만 그 위로가 태성의 분노를 더욱 불타오르게 만들었다.

'기필코 네 녀석의 콧대를 꺾어주마!'

다짐과 함께 태성이 신경질적으로 몸을 돌렸다.

*　　　*　　　*

더그아웃으로 들어선 태성은 일단의 무리가 선수들과 짝짝이 붙어 있는 모습을 보고는 의아한 표정을 지어 보였다.

그리고 더그아웃의 중간에서 선수들을 바라보던 인물들이 태성을 발견하고는 천천히 다가왔다.

그리고는 태성의 눈앞으로 서류와 함께 신분증을 들어 보였다.

'도핑 검사관?'

예상치 못한 인물이었기에 태성의 눈빛이 순간적으로 흔들렸지만, 금세 예의 무덤덤한 표정으로 돌아와 있었다.

하지만 검사관의 뒤쪽에 서있던 두 남성은 그 찰나의 순간을 놓치지 않았다.

곧, 태성이 시료 채취를 위해 검사관을 따라가자 중년 남성이 천천히 입을 열었다.

"아니길 바랐지만… 결국 한바탕 난리가 나겠군."

그 역시 FBI의 조사관이기 이전에 메이저리그를 사랑하는 한 명의 팬이기도 했다.

직업 정신에 따라 객관적이고 철저한 수사를 진행해 왔지만 막상 그 끝에 다다르니 밀려오는 씁쓸함을 감출 수 없었다.

중년 남성의 곁에 나란히 서 있던 젊은 조사관은 그 목소리에서 느껴지는 착잡함에 아무런 말도 꺼내지 못했다.

잠시간의 시간이 흐른 뒤, 태성과 함께 사라졌던 검사관이 중년 남성의 곁으로 다가왔다.

"강태성 선수의 시료 채취까지 완료했습니다."

시료 보관용 특수 가방에 붙여진 봉인을 확인한 중년 남성이 가볍게 고개를 끄덕였다.

'이걸로 끝인가.'

이제 마지막 퍼즐이 맞춰질 준비를 끝냈다.

리스트에 나온 마이너리거들의 시료 채취는 월드시리즈 시작과 함께 시작되어 이미 끝난 상태였다.

이유는 혹시나 제3의 브로커나 정보통에 수사 정보가 흘러들어 가지 않게 하기 위해 시간 차를 둔 것이었다.

이 외에 리스트에 존재하지 않는 선수들은 유의미한 성적 상승을 보인 선수들을 위주로 시료의 채취를 진행했다.

그리고 그중에는 다저스의 얼굴, 강민우도 포함되어 있었다.

원래의 절차대로라면 채취된 시료는 세계 반도핑 기구에서 지정한 몇 개의 연구소로 분산되어 보내져야 했다.

만약 그 외의 곳에서 진행되어 나온 결과라면 법적인 효력을 가지지 못했다.

하지만 지금은 FBI의 수사에 따라 한곳의 연구소에서 모든 검사가 진행될 예정이었다.

이유는 붙잡힌 브로커가 형을 감면받기 위해 내놓은 연구 자료에 적힌 약물의 성분과 효과 등의 결과 때문이었다.

'믿을 수가 없는 결과였지.'

이번에 적발된 신형 도핑 약물은 기존에 사용되지 않았던 전혀 새로운 성분을 조합한 초고분자 화합물이었고, 가장 놀라운 점은 3일이면 그 성분이 검출되지 않는다는 점이었다.

실제로 그 자료에 따라 테스트를 진행한 결과, 기존의 검사 장비로는 그 성분을 검출해 낼 수 없었다.

이런 놀라운 사실에 미국 반도핑 기구는 미국 내 단 한 곳의 연구소에 도입, 연구하고 있던 신형 도핑 검사 장비를 이용했고, 3일이 지난 시료에서도 신형 도핑 약물의 성분을 검출해 내는데 성공했다.

신형 약물과 그 연구 결과에 대한 검증을 끝으로 수사에 필요한 모든 준비를 끝마친 것이 바로 어제였다.

그리고 바로 오늘, 관련 선수들과 의심 선수들의 시료 채취를 끝으로 기나긴 수사 과정을 마무리를 짓게 된 것이었다.

이제 연구소로 이동함과 동시에 최대한 빠르게 시료에서 성분을 검출해 내는 것만이 남아 있었다.

만약 성분이 검출된다면 관련자들의 처벌과 함께 이번 수사도 종결되는 것이었다.

그동안 밤낮으로 고생했던 시간들을 잠시 되새긴 중년 남성이 가볍게 한숨을 쉬고는 검사관을 바라봤다.

"고생하셨습니다. 이제 다저스 쪽 검사관과 합류 후 곧장 연구소까지 모시도록 하겠습니다."

"예."

검사관은 대답과 함께 먼저 라커 룸을 빠져나갔다.

중년 남성은 그런 검사관에게서 시선을 돌려 태성을 바라봤다.

태성은 딱딱한 표정을 지은 채, 묵묵히 자신의 짐을 챙기고 있었다.

지금까지 브로커가 털어놓은 자료는 모두 사실로 드러났다.

하지만 그렇다고 리스트에 나온 선수들이 모두 그 약물을 사용했으리라는 보장은 없었다.

결과적으로 검사 결과가 나오기 전까지 아무것도 확정된 것은 없다는 뜻이었다,

하지만 조금 전, 태성의 흔들리던 눈빛은 이미 도핑을 시인

한 것이나 마찬가지였기에 다시금 씁쓸함이 밀려왔다.

'후우. 부디 이번 일이 또 하나의 도핑 스캔들이 되지 않기를 바랍니다.'

그렇게 태성을 바라보던 중년 남성이 빠져나가자, 가벼운 침묵에 휩싸여 있던 라커 룸이 다시금 활기를 찾기 시작했다.

그럼에도 그들 중, 태성만이 여전히 굳은 얼굴을 하고 있었다.

태성은 도핑 검사관이 들이닥친 뒤, 곧장 숙소로 돌아와 금고에 넣어두었던 휴대폰을 꺼내 들었다.

그리고 급히 전화번호부에 저장되어 있는 단 하나의 번호로 통화를 시도했다.

하지만 긴 시간 통화 연결음이 흐른 뒤, 음성사서함으로 연결되는 메시지가 나오자 태성의 미간이 와락 찌푸려졌다.

쾅!

화가 난다는 듯, 금고를 그대로 후려치는 소리에 이어 악에 찬 목소리가 넓은 방 안을 쩌렁쩌렁 울렸다.

"이 새끼는 왜 전화를 안 받는 거야!"

지난 올스타전 이후, 또 다시 아무런 정보 없이 검사관이 방문하는 일이 벌어지자 태성은 치밀어 오르는 화를 참을 수가 없었다.

그렇지 않아도 민우의 활약이 거슬리는 판이었는데 검사관까지 아무런 소식 없이 찾아오니 미칠 지경이었다.

하지만 자신에게 정보를 주어야 할 브로커는 여전히 전화를 받지 않았다.

머리가 깨질 듯이 욱신거리는 느낌에 태성은 잠시 눈을 감고 숨을 골랐다.

혹시나 하는 마음에 빠르게 TV를 틀어보았지만 사건 사고 소식에서 태성이 원하는 멘트는 들려오지 않고 있었다.

"젠장!"

답답한 마음에 다시 한 번 전화를 걸었지만 역시나 브로커는 묵묵부답이었다.

결국 태성은 전화를 포기하고는 곧장 키패드를 두드리기 시작했다.

검사관이 예고 없이 방문했습니다. 도대체 이게 어떻게 된 일입니까? 문자 보면 바로 연락주십시오!

문자를 보내고 혹시나 바로 답장이 올까 휴대폰을 들고 있던 태성은 마치 전원이 나간 것처럼 조용한 휴대폰에 몸을 부들부들 떨고는 금고의 문을 발로 강하게 찼다.

퍽!

"빨리 보란 말이야! 이 개자식아!"

그 악에 받친 외침에도 휴대폰은 잠잠할 뿐이었다.

*   *   *

1차전에서 머리를 타구에 강타당한 커쇼의 검사 결과는 언론을 타고 빠르게 전달됐다.

뇌진탕 증상은 없었지만, 두개골에 미세골절이 발견되어 3개월 이상의 휴식이 필요하다는 것이었다.

그 소식에 다저스의 팬 커뮤니티에서는 안도와 함께 커쇼의 쾌유를 바라는 글들이 올라왔다.

─그래도 정말 다행이다. 뇌진탕이 없다는 게 정말 다행이야.

─정말 그래. 잘못 맞았으면······.

─해밀턴은 커쇼의 머리가 단단한 것에 감사해야 할 거야.

─맞아. 만약 커쇼에게 큰 문제라도 생겼다면 해밀턴은 야구계를 떠나야 했을 테니까. 다저스타디움으로 오는 순간 언제 총을 맞아도 이상하지 않을 테니까.

─아까 다른 기사 보니까 커쇼 병실까지 찾아갔다더라. 다행히 휴식을 취하면서 경과를 보면 되는 거고, 해밀턴도 고의가 아니었을 테니까 너무 뭐라고 하지는 말자.

―그래. 큰 문제가 없는 건 다행이긴 해. 하지만 3개월 부상 자체가 우리에겐 너무 크다고. 망할 해밀턴.

―휴우, 그건 그래.

선수를 생각하는 입장에서는 미세골절 수준에서 끝이 났다는 것만으로도 너무나도 긍정적인 소식이었다.

하지만 이제 겨우 월드시리즈 1차전만을 치른 팀으로서는 팀의 에이스 투수가 부상으로 인해 낙마한 것이 너무나도 아쉬울 수밖에 없었다.

더군다나 상대는 포스트 시즌 7연승을 기록하고 월드시리즈에 올라온 강팀이자, '타격의 팀'이라는 별명까지 소유하고 있었다.

비록 1차전에서 당당히 레인저스의 타선을 막아주던 커쇼가 없다는 것은 2, 3차전 이후에 확실한 승리를 보장할 수 없다는 뜻이기도 했다.

그리고 다르게 보면 2, 3차전에서 확실히 승리를 챙기지 못한다면 이후 경기가 꽤나 어렵게 돌아갈 것이라는 의미이기도 했다.

―정말 큰일이네. 커쇼가 없으면 누가 선발로 나올 수 있는 거지?

―글쎄. 이브랜드? 아니면 이오발디? 둘 다 막판에 어느 정도 해줬잖아.

―기대 이상으로 좋은 모습을 보이긴 했지만, 이제 갓 데뷔한 루키들이라고. 그들이 월드시리즈에서도 그런 모습을 보이리라는 기대는 하기 힘든걸?

―사실 이브랜드의 90마일짜리 패스트볼로 레인저스의 타선을 막을 수 있을지도 긴가민가야. 이오발디는 100마일을 뿌리지만 제구가 영 아니지.

―하아. 어차피 필요한 건 한 명인데, 둘을 섞을 수는 없는 걸까?

―기적의 연금술이라도 존재하지 않는 이상 그건 불가능해.

다저스는 시즌 초, 5선발로 낙점하고 데려왔던 갈랜드가 기대와 달리 불안한 투구를 종종 보이며 승수를 쌓지 못했다.

이유는 바로 팔꿈치 통증 때문이었다.

결국 무리한 투구를 이어가던 갈랜드는 팔꿈치 부상과 함께 5선발 자리에서 낙마했고, 그 자리는 루비가 대신하게 되었다.

하지만 루비 역시 팔꿈치 부상과 함께 선발 자리에서 떨어져 나갔고 시즌 말미에는 이브랜드와 이오발디가 로테이션으로 5선발을 맡아 시즌을 치렀다.

특히 포스트 시즌에서는 4선발 체제로 진행되기에 5선발의 공백이 큰 문제가 되지 않았다.

하지만 첫 경기에서 터져 버린 불의의 부상으로 인해 커쇼가 낙마하면서 그 공백이 문제가 되어버린 것이었다.

정규 시즌과 포스트 시즌 내내 순탄하게 달려온 다저스의 첫 위기였다.

그리고 이런 팬들의 우려는 금세 현실이 되었다.

*　　　*　　　*

따아악!

큼지막한 타격음과 함께 높이 솟아오르는 타구의 모습을 민우가 허탈한 표정으로 바라보고 있었다.

'또 넘어갔어.'

하늘 높이 그려진 타구의 라인은 민우에게서 가장 먼 좌측 펜스를 넘어가고 있었다.

—아~ 좌측으로!! 큽니다! 커요! 이 타구 그대로~ 넘어갑니다! 강태성 선수의 만루 홈런! 2타석 연속으로 홈런을 때려내는 괴력을 보이는 강태성 선수입니다!

—강태성 선수의 2홈런을 포함해서 오늘 경기 벌써 4개의

홈런을 쏘아 올리는 레인저스입니다. 타격의 팀이라는 명성에 걸맞게 정말 호쾌한 타격을 보여주고 있는데요.

　―3번 타자인 해밀턴 선수가 만루 찬스에서 삼진을 당하며 득점 기회를 놓치는 것인가 싶었지만 강태성 선수가 2아웃 상황에서 환상적인 홈런쇼를 보여주며 경기를 완전히 가져가고 있습니다.

　좌측 펜스를 넘어 사라지는 타구와 함께 다저스타디움은 침묵에 휩싸였다.

　2차전 선발투수였던 빌링슬리는 단 4이닝 만에 7실점이라는 충격적인 기록을 남기며 마운드를 내려갔다.

　그리고 그 뒤를 이어 마운드에 올랐던 베테랑 맥두갈과 개리어가 각각 1이닝을 무실점으로 막아냈지만 혹스워스의 0.2이닝 2실점을 시작으로 트론코소가 1.1이닝 1실점으로 꾸준히 실점을 내주었다.

　그리고 대망의 9회 초, 린드블롬이 2사 만루에서 홈런을 얻어맞으며 위태롭던 다저스는 결국 좌초되고 말았다.

　9회 초까지 레인저스가 뽑아낸 점수는 무려 14점이었다.

　다저스가 8회 말까지 만들어낸 점수인 2점에 비해 수배나 되는 점수를 만들어낸 것이었다.

　이미 진즉에 뒤집을 수 없게 되어버린 경기 결과에 다저스의 팬들은 해탈한 표정으로 9회 말, 마지막 공격을 지켜봤다.

따아악!

9회 말, 선두 타자로 나선 민우의 배트가 초구부터 불을 뿜었다.

우측으로 큼지막하게 떠오른 타구가 펜스를 가볍게 넘어가며 홈런이 되었다.

하지만 9회 말, 마지막 공격 찬스에서 다저스가 뽑아낸 점수는 민우의 1점이 전부였다.

그나마 다저스 팬들에겐 민우가 홈런포를 포함해 4타수 4안타로 맹타를 휘두르며 점수의 절반을 책임진 것이 오늘 경기의 유일한 위안이었다.

그렇게 2차전이 이변 없이 끝이 나며 시리즈 전적은 1승 1패로 원점으로 돌아오게 되었다.

홈에서 1승 1패를 기록한 다저스는 곧장 텍사스행 비행기에 몸을 실었다.

그리고 하루의 짧은 휴식 뒤, 레인저스의 홈 구장인 레인저스 볼파크 인 알링턴에서 3차전을 치렀다.

원정에서 홈으로 돌아온 레인저스의 타선은 3차전에서도 괴력을 발휘했다.

다저스 선발 릴리를 상대로 3.2이닝 동안 홈런 하나 포함

5점을 뽑아낸 것을 시작으로 바뀌는 투수마다 맹타를 휘두르며 8회 말까지 5개의 홈런으로 도합 16점을 뽑아내며 2차전의 기록을 갈아치웠다.

덕분에 레인저스의 3차전 선발로 나섰던 해리슨은 6이닝 6실점을 기록했음에도 승리 투수가 될 수 있었다.

다저스는 4회와 5회, 민우가 홀로 2홈런을 뽑아낸 것을 포함해 6점을 만들며 고군분투했다.

하지만 쫓아가는 것보다 더욱 빠르게 벌어지는 점수 차는 결국 9회 초까지 좁혀지지 않았고, 다저스는 다시 한 번 패배를 받아들여야 했다.

*   *   *

1차전 승리 후, 2차전과 3차전을 내리 내어준 다저스의 분위기는 침울 그 자체였다.

이대로 4차전에서 구로다까지 무너지게 된다면 앞으로의 향방을 긍정적으로 바라볼 수만은 없었기 때문이다.

원래대로라면 이후 5차전 선발은 커쇼로 예정되어 있었기에 만약 4차전에서 패배를 당하더라도 분위기를 얼마든지 반전시킬 수 있다는 자신감이 있었다.

하지만 1차전에서 타구에 맞은 커쇼는 안정이 필요하다는 진단과 함께 월드시리즈에서 이탈하고 말았다.

그 누구도 패배감에 찬 목소리를 내지 않았지만, 무거운 분위기만큼은 어떻게 할 수가 없었다.

그리고 분위기가 무거워질수록 팀의 운명이 갈릴 수도 있는 5차전에서 선발로 내정된 루키, 이오발디의 어깨도 같이 무거워지고 있었다.

민우는 그런 분위기를 타개하기 위해 조용히 '분위기 메이커' 스킬을 발동했다.

그러고는 이오발디의 어깨에 손을 두르며 입을 열었다.

"자자! 다들 왜 이렇게 기가 죽어 있어요? 다 큰 어른들이 기가 죽어 있으니까 우리 귀염둥이 이오발디가 어깨를 못 펴고 있잖아요."

조용하던 라커 룸을 깨우는 민우의 농담에 일부 고참 선수들이 고개를 들어 이오발디의 얼굴과 민우의 얼굴을 번갈아 바라봤다.

그러고는 잠깐의 시간 차를 두며 가볍게 웃음을 터뜨렸다.

"풉! 이봐, 민우. 이오발디가 어딜 봐서 귀염둥이야?"

"덩치만 봐서는 헐크 저리가라인데? 안경을 써야 하는 거 아냐?"

가벼운 농담이었지만 선수들은 기다렸다는 듯 마주 농담을 뱉으며 분위기를 풀기 위해 노력하고 있었다.

특히 겨우 90년생 초짜 투수인 이오발디가 짊어지어야 할 무게를 깨닫고는 그에게 장난을 걸며 긴장을 풀어주는 모습을 보였다.

'소속 팀 선수들의 컨디션을 한 단계 상승시키고, 능력치 중 하나를 랜덤으로 상승시킨다'는 '분위기 메이커'의 효과 중, 컨디션 상승 하나만큼은 제대로 먹혀 들어간 것처럼 보이자 민우가 안도의 미소를 지어 보였다.

그리고 잠시 뒤, 그런 라커 룸의 분위기를 다시 한 번 뒤바꾸는 소식이 들려왔다.

*　　　*　　　*

〈AL 홈런왕 강태성, '금지 약물 양성반응' 파문〉

FBI(미연방수사국)와 USADA(미국 반도핑 기구)가 메이저리그 사무국의 협조 아래 진행한 도핑 검사에서 충격적인 발표가 나왔다.

아메리칸리그 홈런왕 타이틀을 따내며 MVP 수상이 유력한 강태성 선수의 도핑 검사에서 금지 약물 양성반응이 나온 것이다.

특히 이번에 검출된 약물은 기존에 알려진 약물이 아닌 새로 개발된 약물로…(중략)…강태성 선수는 '금시초문'이라고 서두를 떼며 '나는 어떠한 약물도 투입한 적 없다'라고 주장하며 B시료에 대한 재검사를 요청했다.

규정에 따라 재검사가 진행되는 동안 강태성 선수는 남은 경기에 출전할 수 있게 된다.

그러나 FBI가 전면에 나서 수사한 결과를 발표한 것이므로 그 신빙성은 꽤 높은 편이기에 재검사에서 강태성 선수가 원하는 결과가 나올지는 미지수이다.

일각에서는 강태성 선수가 사용한 약물이 신형 약물이라는 점을 들며 시간이 지나면 도핑 테스트에서 검출이 되지 않는 것이 아니냐는 추측도 나오고 있다.

만약 재검사에서도 양성반응이 나온다면 강태성 선수는 최소 50경기 출장 정지를 받게 되며, 경중을 따져 그 이상의 제재를 받을 수도 있다.

강태성 선수가 재검사를 통해 자신의 명예를 되찾을 수 있을지, 그 귀추가 주목된다.

호쾌한 타격전과 함께 월드시리즈의 흥행이 절정에 치닫고 있을 즈음, 급작스럽게 터져 버린 스캔들에 레인저스의 팬들은 충격에 휩싸였다.

특히나 월드시리즈 2차전과 3차전에서 만루 홈런을 포함해 4개의 홈런포를 쏘아 올리며 분위기를 완전히 뒤집은 주인공이 바로 태성이기 때문이었다.

레인저스의 팬들은 레인저스를 이끌고 월드시리즈까지 달려온 태성의 도핑 적발 사실을 쉬이 받아들일 수 없었다.

"말도 안 돼!"

"강이 약쟁이었다고?"

"믿을 수 없어!"

"분명 잘못된 결과일 거야!"

"맞아! 분명 그가 아니라고 했잖아. 잘못된 결과일 거야!"

"태성을 믿고 재검사 결과를 기다리자!"

레인저스의 팬들은 태성이 결백을 주장하며 재검사를 요구했다는 것에 주목하며, 곧 누명을 벗을 수 있으리라는 희망을 가지고 있었다.

만약 태성의 도핑이 사실이라면 태성뿐 아니라 레인저스 전체의 명예가 실추되는 것이었기에 더욱 재검사 결과에 희망을 걸 수밖에 없었다.

그리고 태성에게 많은 타이틀을 빼앗기며 2위 자리에 머문 선수들은 태성의 도핑 적발 사실에 조심스럽게 자신의 생각을 드러냈다.

"어떠한 기록이라도 도핑으로 만들어진 것은 의미가 없다. 나는 그를 믿는다. 부디 그가 결백하기를 바란다."

"나는 그가 실력으로 1위를 차지한 것이라고 믿고 싶다. 재검사 결과가 그에게 긍정적으로 나오길 바란다."

"그가 정당하게 그 기록을 세웠다고 믿고 싶다. 부디 그가 메이저리그의 명예를 지켜주길 바란다."

아직 재검사 결과가 남아있었기에 섣불리 격한 반응을 보이는 선수들은 몇 존재하지 않았다.

하지만 메이저리그의 극성 팬들은 맛 좋은 먹잇감을 발견했다는 듯, 태성에게 약쟁이라는 낙인을 찍으며 격한 분노를 표출했다.

특히 아메리칸리그에서 레인저스의 돌풍에 무너져 내리고, 포스트 시즌의 꿈이 좌절되었던 팀의 팬들은 그 수위가 위험할 정도로 비난을 쏟아냈다.

"레인저스는 월드시리즈 몰수 패를 당해야 한다!"

"약으로 만든 홈런 기록은 삭제해야 한다!"

"약쟁이를 메이저리그에서 퇴출시켜라!"

"선의의 경쟁을 펼쳤던 선수들에게 진심으로 사과해라!"

"미국에서 추방시켜야 한다!"

이런 팬들의 격한 반응에 아직 재검사가 남아있다는 점을 들며 섣불리 마녀 사냥을 하지 말아야 한다는 여론이 형성되기도 했다.

하지만 많은 이들은 같은 시기에 채취한 시료인 만큼 재검사 결과도 변함이 없으리라고 보고 있었다.

또, FBI가 나설 정도로 중대한 사안이었기에, 허투루 발표

할 정도로 FBI가 허술하게 수사에 나서지는 않았으리라는 생각도 있었다.

그러는 한편, 메이저리그의 많은 팬은 다른 면에서 놀라움을 표출하고 있었다.

태성과 함께 검사를 받은 민우는 그와 달리 도핑 검사에서 음성 반응이 나왔다는 사실 때문이었다.

민우 역시 태성과 마찬가지로 도핑 검사를 매번 무사히 통과했던 경력이 있었고, 내셔널리그 홈런왕 타이틀과 함께 시즌 82홈런이라는 신기록을 세웠기에 도핑이라면 태성보다 민우가 했을 확률이 더 높다고 생각했던 것이다.

하지만 두 선수 중, 태성만이 신형 도핑을 사용했다는 정황이 FBI의 수사망에 걸려든 것은 너무나 대조적이라고 할 수 있었다.

하지만 같은 한국인이라는 이유 때문에 민우와 태성을 싸그리 묶어서 비난을 던지는 이들도 적지 않았다.

일각에서는 메이저리그 단일 시즌 홈런 신기록을 세운 민우가 도핑을 한 것이라고 밝혀지면 메이저리그의 명예가 실추되는 것이기에, FBI에서 그 사실을 묻어주었다는 음모론까지 돌고 있었다.

그리고 음모론자들은 누군가가 게시판에 올린 그 음모론을 덥석 물고는 이곳저곳에 퍼뜨리며 여론을 어지럽게 만들었다.

이처럼 태성의 도핑 뉴스로 인한 다양한 반응과 이슈가 경기장 밖을 물들일 때, 다저스와 레인저스의 선수들은 조용히 월드시리즈 4차전을 치를 준비를 하기 시작했다.

＊　　　　＊　　　　＊

월드시리즈 4차전이 치러지는 레인저스의 홈구장, 알링턴 볼 파크의 분위기는 이전과는 미묘한 차이를 보이고 있었다.

분명 2연승을 달리며 승승장구하고 있는 레인저스였기에 팬들 역시 흥분으로 가득한 것이 정상이었다.

하지만 아침 댓바람부터 터져 나온 스캔들이 팬들의 뇌리에 계속해서 맴돌고 있었고, 그로 인해 그들의 분위기는 미묘하게 혼란스러움이 느껴지고 있는 것이었다.

스캔들의 주인공이라고 할 수 있는 태성은 자신을 향해 날아오는 수많은 이의 따가운 시선에 거칠게 이를 갈았다.

뿌드득.

'그 빌어먹을 자식을 믿는 게 아니었어.'

검사관이 들이닥친 이후, 브로커와는 연락이 완전히 끊어져 버렸다.

그리고 바로 오늘, 금지 약물 양성반응이 나왔다는 통보가 날아왔다.

후폭풍은 거셌다.

한국에서 쏟아지는 지인들의 전화와 문자에 휴대폰을 사용할 수가 없을 지경이었다.

구단 관계자는 다급하게 태성을 찾아 도핑에 대한 사실 확인을 요구했다.

곧이어 찾아온 에이전트 역시 다급하기는 마찬가지였다.

후원업체들이 발칵 뒤집어졌다는 소식과 함께 소송이 걸릴 수도 있는 중대한 사안이라며 태성을 닦달했다.

도핑을 했다는 사실이 밝혀지면서 지금껏 쌓아온 모든 기록이 허공으로 날아가기 직전이었다.

결국 태성이 선택할 수 있는 것은 검사 결과가 잘못된 것이라는 주장과 함께 재검사를 요청하며 시간을 버는 것뿐이었다.

이미 일은 벌어졌고 수습할 방법이 없다는 사실에 오히려 머리는 차갑게 식어갔다.

하지만 그렇게 벌게 된 시간은 단 3일밖에 되지 않았다.

'내가 어떻게 여기까지 왔는데. 절대로 여기서 멈출 순 없어.'

태성의 목표는 민우의 다저스를 누르고 월드시리즈에서 우승하는 것이었다.

이미 타율도, 홈런도, 모든 것에서 민우에게 밀려 2인자 취

급을 당하고 있는 태성이 잡을 수 있는 마지막 기회였다.

그를 위해 평생을 느껴본 적 없던 열등감에 시즌 내내 몸부림치며 여기까지 달려왔다.

그리고 1승 2패를 기록한 현재, 남은 2승을 채운다면 월드시리즈 우승은 민우가 아닌 태성이 가져가는 것이었다.

경기 내적인 상황도 태성의 편이었다.

다저스의 1선발인 커쇼가 부상과 함께 전열에서 이탈했다.

그리고 다저스의 투수진에서 그 자리에 들어올 마땅한 선수가 없다는 것을 모르는 이는 없었다.

오늘 경기에서 승리한다면 내일 모든 것을 끝낼 확률은 상당히 높았다.

월드시리즈를 우승으로 장식한 뒤, 후에 재검사에서 양성 반응이 나온다 하더라도 이미 종료된 경기 결과를 뒤집을 순 없었다.

'절대로 그냥 죽지 않는다. 절대로 네가 모든 걸 다 가져갈 수는 없을 거다. 절대로!'

태성의 두 눈에선 우승을 향한 욕망이 흘러넘치기 시작했다.

양 팀 선발은 순조로운 스타트를 끊었다.

레인저스 선발 홀랜드가 3개의 땅볼로 다저스 타선을 돌려

세우자, 다저스 선발 구로다가 3개의 플라이를 뽑아내며 응수
했다.

초반부터 경쟁적으로 호투를 보이는 양 팀 선발의 모습은
오늘 경기가 투수전으로 이어지지 않을까 하는 추측을 하게
만들었다.

그렇게 주거니 받거니 이어가던 침묵을 먼저 깨뜨린 것은
다저스였다.

4회 초, 2아웃 상황.
슈우욱!
따아악!
깨끗한 타격음과 함께 총알 같은 타구가 좌중간으로 뻗어
나갔다.

─쳤습니다! 그대로 좌중간을 가르는 깨끗한 타구! 해밀턴
선수가 빠르게 타구를 주워 들었습니다만, 로니 선수는 여유
있게 2루 베이스를 밟았습니다.

─홀랜드 선수의 97마일짜리 포심 패스트볼을 결대로 밀어
쳐 아주 좋은 타구를 만들어냈습니다. 오늘 경기 첫 번째 안
타와 함께 득점 기회를 잡는 다저스! 이어 타석에는 4번 강민
우 선수가 들어서고 있습니다.

첫 타석에서는 비록 워닝 트랙에서 잡히고 말았지만, 오늘 경기에서 유일하게 레인저스의 팬들을 식겁하게 만들었던 민우였다.

부웅! 부웅!

민우는 타석에 들어서며 홀랜드가 오늘 던진 구종들을 되새겼다.

홀랜드는 최고 98마일의 포심 패스트볼을 주력으로 사용하면서도 90마일에 육박하는 체인지업, 슬라이더, 커브를 섞어 던지며 타자들의 타이밍을 빼앗고 있었다.

하지만 민우가 득점 찬스를 맞이하자 나폴리의 손이 바쁘게 움직이기 시작했다.

지금까지 요구하던 공이 아닌 새로운 공을 요구하는 나폴리의 사인에 홀랜드도 고민 없이 고개를 끄덕였다.

투수의 직감이 그 공으로 민우를 잡을 수 있을 것이라고 말하고 있었다.

곧 2루를 지그시 바라보던 홀랜드가 세트 포지션에서 강하게 공을 뿌렸다.

슈우우웅!

초구부터 스트라이크존 안쪽을 파고드는 빠른 공에 민우는 고민 없이 스트라이드를 내디뎠다.

그런데 배트가 돌아 나오는 순간, 포심 패스트볼로 보이던 공이 민우의 몸 쪽으로 가볍게 틀어졌다.

'포심이 아니었어?'

그 모습에 민우가 급히 배트를 잡아당기며 스위트 스폿에 맞추기 위해 노력했다.

딱!

하지만 그런 노력이 무색하게 완전히 빗맞은 타구가 1루 쪽으로 튕겨 나갔다.

그런데 굴러가는 방향도, 속도도 그리 좋지 않아 보였다.

배트를 놓은 채, 곧장 스퍼트를 끊은 민우의 바로 앞에서 타구가 라인을 따라 굴러가고 있었다.

그리고 타구를 잡기 위해 1루에서 태성 또한 달려 내려오고 있었다.

─몸 쪽 공! 배트 안쪽에 맞았습니다! 라인 따라 굴러가는 타구! 애매한데요! 라인 안쪽에서!

전력으로 달리던 민우의 앞에서 태성이 공을 줍기 위해 자세를 숙이는 것이 보였다.

민우는 1루로 살아나가기 위해 태성의 옆으로 방향을 틀었다.

민우보다 한 발 앞으로 굴러가던 공이 태성의 글러브에 들어가려는 순간, 태성의 몸이 민우의 진행 방향으로 쏠리는 것이 보였다.

'어?'

몸을 틀어 피할 새도 없이, 민우의 몸이 태성의 어깨 부근을 들이받았다.

빡!

"악!"

강렬한 통증과 함께 민우와 태성의 몸이 바닥을 나뒹굴었다.

민우는 갈비뼈 부근에서 느껴지는 통증에도 빠르게 몸을 일으켜 1루 베이스를 밟았다.

―오우! 어후. 1루 베이스 앞에서 타구를 주워 들던 강태성 선수와 전력 질주하던 강민우 선수가 그대로 충돌했는데요.

―그 충격으로 글러브에서 공이 빠졌고요. 그사이 로니 선수가 3루를 지나 홈으로 내달립니다! 뒤늦게 공을 주워든 투수가 몸을 돌려서 홈으로!

빠르게 스타트를 끊었던 로니는 공이 빠진 틈을 노려 3루를 지나 곧장 홈으로 쇄도해 몸을 날렸다.

촤아아악!

팍!

거의 동시에 이루어진 홈 터치와 태그에 모두의 시선이 주심에게로 쏠렸다.

주심은 아주 잠시 뜸을 들이고는 양팔을 빠르게 벌려 보였다.

"세이프!"

그러자 레인저스의 팬들이 곧장 그 판정에 야유를 쏟아냈다.

"우우우!"

"태그가 더 빨랐어!"

"이건 오심이야!"

"수비 방해다!"

레인저스의 워싱턴 감독이 빠르게 달려 나와 수비 방해라는 점을 강하게 어필했다.

하지만 주심은 공을 완전히 포구하지 못한 채, 태그를 시도하려던 것으로 판단했고, 워싱턴의 주장을 받아들이지 않았다.

다저스가 선취 득점에 성공했지만 그들의 표정은 그리 좋지 않아 보였다.

민우의 상태가 그리 좋아 보이지 않았기 때문이다.

―두 선수 모두 고의성은 없었겠지만, 너무나도 위험한 충돌이었습니다. 특히 강민우 선수가 베이스에서 일어나지 못하고 있는데요. 부상을 당한 것이 아닌가 염려되는군요.

베이스 위에 무릎을 꿇고 앉은 민우가 미간을 찌푸리며 태성을 바라봤다.

'피할 수 있었는데도 분명 고의로 몸을 틀었어.'

태성은 충격이 컸는지, 힘겹게 몸을 일으키며 인상을 쓴 채 민우를 바라보고 있었다.

이해가 되지 않았다.

태성이 보인 자세는 상대방에게 충격을 주기 위한 자세로밖에 보이지 않았기 때문이다.

'덩달아 부상을 당하면 어쩌려고 저런 거지?'

그런 생각과 함께 몸을 일으키려던 민우는 순간적으로 강하게 느껴지는 흉통에 나지막이 신음을 흘렸다.

"으윽!"

"뭐야? 다친 거야?"

민우의 상태에 1루 코치가 급히 더그아웃을 바라봤다.

그러자 팀 트레이너가 곧장 민우에게 달려왔다.

그 모습에 레인저스의 트레이너도 태성에게 달려오려 했지만, 태성은 괜찮다는 제스처를 보이며 트레이너를 돌려보냈다.

사실, 민우의 생각과 달리 태성은 충돌로 입은 피해가 거의 없었다.

민우보다 공을 줍는 것보다 민우를 향해 자세를 잡는 것에 집중했기 때문이었다.

비록 공을 놓치며 세이프를 허용하는 실책을 저질렀지만 그럼에도 태성은 속으로 미소를 지었다.

그 이유는 눈앞에서 고통에 찡그린 얼굴이 보이고 있었기 때문이었다.

항상 미소가 피어 있던 얼굴이 지금은 고통으로 물들고 있었다.

그 모습이 너무나도 통쾌한 느낌에 태성은 하마터면 입 밖으로 웃음소리를 낼 뻔했다.

'흥! 그냥 순순히 아웃이나 당할 것이지, 살겠다고 나대니까 다치는 거 아니야?'

하지만 겉으로는 살짝 당황한 표정을 지은 채, 천천히 민우에게 다가갔다.

"괜찮냐?"

숨을 쉴 때마다 느껴지는 통증에 가슴을 부여잡고 있던 민우는 그런 태성을 잠시 노려보고는 힘겹게 고개를 끄덕였다.

"예, 걱정하지 마십쇼."

약간 신경질이 느껴지는 대답에 태성이 두 눈을 동그랗게

뜨며 고개를 끄덕였다.

곧, 트레이너의 부축을 받으며 민우가 경기장을 빠져나가는 모습에 레인저스 팬들이 가볍게 박수를 쳐주었다.

태성은 그 뒷모습을 바라보며 속으로 비릿한 웃음을 보였다.

'푹 쉬어라.'

1루에는 민우를 대신해 대주자로 샌즈가 들어서며 경기가 재개되었다.

트레이너는 조심스럽게 민우의 상태를 살피며 증상을 파악하기 시작했다.

하지만 일시적인 근육통인지 충격으로 인해 뼈에까지 영향을 미친 것인지는 병원을 가야 정확히 알 수 있었기에 민우는 곧장 앰뷸런스에 몸을 실었다.

민우는 숨을 쉴 때마다 느껴지는 고통에 미간을 찌푸리면서도 행운을 바랐다.

'뼈에는 이상이 없어야 하는데.'

앰뷸런스 내부에는 의사 한 명이 앞쪽에서 차트를 적고 있었고, 트레이너는 그런 의사가 적는 차트를 뚫어져라 바라보고 있었다.

만병통치약을 사용할까도 생각했지만, 패널티를 생각하면 없는 것만 못했다.

'만병통치약의 패널티가 아쉽네. 고열에 시달리는 것도 문제지만 1주일 동안 모든 능력치가 하락한다는 건… 역시 사용할 수가 없어.'

시즌 중에 당한 부상이라면 적당히 감당할 만한 패널티였지만 4차전이 치러지는 지금 이 패널티는 만병통치약을 사용하지 못하도록 발목을 잡고 있었다.

민우는 병원으로 향하는 동안 태성의 행동을 복기하며 그가 고의로 그런 것이라는 확신을 세웠다.

그간 그가 보였던 태도는 그런 확신을 더욱 부추기고 있었다.

'후우. 일단 병원에서 긍정적인 결과가 나오길 바라고 그다음에 생각하자.'

"다행입니다. 연골 주변에 미미하게 타박상이 있긴 하지만 뼈에는 아무런 이상이 없습니다."

의사의 진단에 민우가 안도의 한숨을 내쉬었다.

'신체 강화의 효과인가. 분명 뼈가 부러지지 않았을까 싶을 정도였는데.'

과거 구입했던 신체 강화가 영향을 미친 듯해, 민우는 가볍게 안도했다.

하지만 그 모습에 의사는 한마디를 덧붙였다.

"정도가 심하지 않지만 앞으로 짧게는 며칠, 길면 그 이상의 기간 동안 통증이 지속적으로 느껴질 겁니다. 무리하면 상태가 악화될 수도 있으니 경기에는 출전하지 않는 게 좋습니다."

청천벽력 같은 소리에 민우가 휙 하고 고개를 들었다.

"그건 안 됩니다. 진통제를 처방해 주십시오."

민우의 의지가 담긴 목소리에 의사는 잠시 말없이 그를 바라봤다.

그가 지금껏 만났던 많은 선수가 눈앞에서는 저런 모습을 보였다.

하지만 진통제는 만능이 아니었고, 대부분의 선수들은 부상이 악화되거나 제 실력을 제대로 발휘하지 못했다.

하지만 그는 권고만 할 뿐, 선수의 강력한 의지까지 막을 수는 없었다.

"아시다시피 마약성 진통제 종류는 금지 약물이기에 불가능하고, 지금 처방해 드리는 약품은 그리 큰 효과를 보지 못할 겁니다."

"상관없습니다."

의사는 자신의 말에도 단호한 의지를 내비치는 민우의 태도에 곧 가볍게 한숨을 내쉬었다.

그러고는 트레이너에게 처방전을 내어주었다.

트레이너는 혹시나 금지 약물이 포함된 것이 아닌지 재차 확인한 뒤에야 처방받은 약을 민우에게 건네주었다.

민우가 트레이너와 함께 병원을 들른 사이, 경기는 빠르게 진행되고 있었다.

5회 말, 벨트레의 솔로 홈런이 터지며 동점을 허용한 다저 스는 6회 초, 세 타자가 연속 안타를 때려 2점을 뽑아내며 다 시금 점수를 벌렸다.

그렇게 다저스가 2점을 앞선 채 진행되던 경기는 막바지에 이르러 급격히 요동치고 있었다.

슈우욱!

팡!

"베이스 온 볼스!"

또 하나의 공이 스트라이크존을 크게 벗어나며 볼넷이 만 들어지자, 알링턴 볼 파크는 환호성으로 뒤덮였다.

"예에에에!"

"또 볼넷이다!"

"강태성! 강태성!"

"홈런! 홈런!"

마운드 위에서는 다저스 부동의 마무리, 귀홍치가 턱을 타 고 내려오는 땀을 거칠게 훔치고 있었다.

그리고 그런 귀홍치를 상대하기 위해 태성이 타석으로 들어서고 있었다.

　—아~ 9회 말 시작과 함께 첫 타자를 깔끔하게 잡아냈던 귀홍치 선수였는데요. 하지만 이후 두 타자를 연속 볼넷으로 내보내며 위기를 맞이합니다.

　—타석에는 2, 3차전 승리의 주역이죠? 강태성 선수가 들어서고 있습니다.

　—오늘은 앞선 세 타석에서 삼진 2개와 유격수 땅볼로 물러났었는데요. 과연 마지막 기회를 살려 팀을 구해낼 수 있을지! 초구는 97마일짜리 패스트볼! 하지만 볼입니다.

또 하나의 공이 눈에 띄게 스트라이크존을 벗어났다.

볼과 스트라이크의 구분이 확연할수록, 타석에 들어선 타자는 손쉽게 자신이 원하는 공을 때려낼 수 있었다.

태성 역시 스트라이크존을 노리고 들어오는 공을 그대로 보내주지 않았다.

슈우욱!

귀홍치의 손에서 공이 떠나는 순간, 태성이 강하게 스트라이드를 내디뎠다.

따아아악!

동시에 뒤따라나온 배트가 강하게 공을 퍼 올리며 강렬한 타격음을 내뱉었다.

우측으로 크게 솟아오른 타구는 그대로 체공을 계속하다 펜스 너머로 사라져 갔다.

동시에 알링턴 볼파크가 무너질 듯, 엄청난 함성이 쏟아져 나왔다.

"와아아아아아!!"

"이겼다아아!"

"끝내기 홈런이다!!"

얻어맞는 순간 홈런을 직감한 궈훙치는 고개를 숙인 채, 묵묵히 마운드를 내려갔다.

홈플레이트 부근에는 레인저스의 선수들이 쏟아져 나와 환한 표정으로 태성을 맞이하고 있었다.

최종 스코어 4 대 3.

레인저스의 시리즈 3연승이 만들어지는 순간이었다.

제5장

반전의 서막

다저스의 분위기는 침울 그 자체였다.

커쇼에 이어 민우까지 부상으로 빠질 확률이 높은 상황은 다저스에게 아무리 긍정적으로 생각하려 해도 할 수 없는 상황이었다.

"민우는 출전이 가능한 거야?"

"모르겠네. 트레이너 말로는 뼈에는 이상이 없다는데… 아무래도 통증이 남아 있다는 게 문제가 아닐까?"

"감독님하고 면담을 하러 갔으니 곧 답이 나오겠지."

답이 나오지 않는 토론에 선수들은 결국 기다림을 택했다.

그리고 그들이 기다리는 민우는 매팅리 감독과 일대일 면담을 하고 있었다.

"의사는 절대적인 안정이 필요하다고 하지 않았나."

매팅리 감독의 목소리에는 민우에 대한 걱정이 묻어 있었다.

벌써 30분이 넘도록 도돌이표처럼 반복되는 대화였지만 둘 중 누구도 이 대화가 지겹다는 생각을 하고 있지 않았다.

다저스의 수장은 매팅리였지만 타선을 이끌고 월드시리즈에 올라오는 데 지대한 공을 올린 선수는 바로 민우였다.

감독으로 부임한 첫 해부터 이만한 성적을 올리는 데 큰 공을 세운 민우였기에 매팅리는 그를 상당히 아꼈다.

실력에 팀워크와 겸손을 겸비한 태도까지 어느 하나 빠지는 것이 없었다.

매팅리의 머릿속에 민우는 다저스의 향후 10년, 혹은 그 이상을 책임질 인물이었다.

그래서 전력의 손실이 될 것을 알면서도 혹여나 민우에게 후유증이 남지는 않을까 출전을 말리고 있는 것이었다.

"그리 큰 부상은 아닙니다. 의사가 처방해 준 진통제가 있기도 하고, 남은 세 경기 정도는 충분히 뛸 수 있습니다. 휴식과 치료는 그 뒤에 해도 늦지 않다고 생각합니다."

하지만 민우의 경기 출전 의지는 확고했다.

그 역시 매팅리가 어떤 생각으로 자신의 출전을 만류하는 것인지 알고 있었다.

감독이 단호히 결정을 내리면 따라야 하는 선수의 입장에서, 자신을 배려해 주는 것에 감사함을 느끼고 있었다.

하지만 팀이 벼랑 끝 탈락의 위기를 맞이한 상황이었다.

뼈가 부러지지 않은 이상 팀원들이 그 끝을 허무하게 맞이하는 것을 지켜보고 싶지 않았다.

대화가 이어질수록 더더욱 불타오르는 민우의 출전 의지에 매팅리가 결국 백기를 들었다.

하지만 완전한 항복은 아니었다.

"후우. 민우 네가 그렇게 강력히 주장을 하니 선발 로스터에 그대로 포함시키마. 단, 경기 흐름을 끊을 정도로 불편한 모습을 보인다면 바로 교체가 될 거다."

조건을 다는 매팅리의 모습에 민우가 가볍게 고개를 끄덕였다.

"물론입니다. 절대로 기대에 어긋나는 모습을 보이지 않을 겁니다."

민우는 곧장 자리에서 일어나 매팅리에게 고개를 꾸벅 숙였다.

순간적으로 가슴에 다시 통증이 느껴졌지만, 민우는 티를 내지 않은 채 감독실을 빠져나갔다.

　　　　　*　　　　　*　　　　　*

　다음 날, 뒤늦게 훈련장에 도착한 민우의 곁으로 동료들이
모여들었다.

"민우, 괜찮은 거야?"

"훈련은 빠져야 하는 거 아니야?"

"오늘 경기에 뛰는 거야?"

　사방에서 쏟아지는 걱정과 우려의 목소리에 민우가 가볍게
미소를 지어 보이며 알통을 만들었다.

"보시다시피 멀쩡합니다. 걱정 안 해도 돼요."

　그 표정이 가식 같지는 않았기에 동료들도 안심한 표정으로
그의 등을 두드렸다.

　그렇게 선수들이 하나둘 흩어져 몸을 풀기 시작했고, 민우
역시 빠르게 몸을 풀기 시작했다.

　민우의 목에는 어제까지 보이지 않던 금빛의 얇은 목걸이
하나가 미미하게 존재감을 드러내고 있었다.

'기가 막히네.'

　얼마 전, 포인트 상점의 갱신과 함께 '치유의 목걸이'라는 아
이템이 나타났었다.

　하지만 부상을 당할 일이 없는 데다, '진통 효과와 함께 부
상의 치료 효과가 있다'라는 짧막한 설명은 민우의 관심을 끌

지 못했고, 그 가격도 12,000포인트로 꽤나 고가였기에 기억 속에서 잊혀 있었다.

하지만 신기록을 세우며 쌓았던 포인트로 구입할 만한 스킬이나 특성이 없었던 것이 행운이 되어 바로 어제, 포인트를 털어 구입한 것이었다.

움직이는 것이 조금 거슬리기는 했지만 오히려 조금은 상쾌한 느낌이었고, 통증은 거의 느껴지지 않고 있었다.

경기를 뛰는 데에는 크게 문제가 없을 만한 상태라는 의미이기도 했다.

태성은 다저스의 5차전 라인업을 확인하고는 믿을 수 없다는 듯, 두 눈을 부릅떴다.

'뭐야? 저 새끼가 어떻게 경기를 뛰어?'

그냥 뛰는 것도 아니었다.

더그아웃 앞에서 마치 시위라도 하듯, 거침없이 배트를 휘두르는 모습은 부상을 당한 선수라고는 전혀 볼 수 없는 움직임이었다.

순간, 민우가 시선을 돌려 태성을 바라봤고 둘의 시선이 허공에서 마주쳤다.

태성은 민우의 두 눈에서 느껴지는 눈빛이 너무나도 차갑게 느껴져 순간 소름이 돋았다.

하지만 곧 민우가 시선을 돌려 다시 쉐도우 스윙을 하는 모습에 자신의 반응을 깨닫고는 이를 바득바득 갈았다.

'흥. 분명 억지로 출전을 강행했겠지. 차라리 잘됐어. 오늘 레인저스가 우승하고, 내가 주인공이 되는 모습을 두 눈으로 똑똑히 지켜보라고.'

슈우우욱!

부웅!

팡!

"스트라이크 아웃!"

"허……."

힘껏 배트를 휘둘렀음에도 공에 스치지도 못하는 모습에 삼진을 당한 해밀턴이 허탈한 표정을 지어 보였다.

그렇게 또 하나의 삼진을 잡아내며 이닝을 마무리 지은 이오발디가 주먹을 불끈 쥔 채, 천천히 마운드를 내려가고 있었다.

─원투 피치! 떨어지는 변화구로 헛스윙 삼진! 해밀턴을 헛스윙 삼진으로 돌려세우며 이닝을 마무리 짓습니다! 8회까지 삼진 12개를 뽑아내는 괴력을 보이는 이오발디!

마치 커쇼가 빙의라도 한 것처럼, 이오발디는 레인저스의 타선을 상대로 거침없이 삼진을 뽑아내고 있었다.

그리고 그를 향해 동료들이 칭찬을 아끼지 않았다.

"잘했어!"

"레인저스 녀석들한테 삼진을 몇 개를 잡아내는 거야? 대단한데?"

"커쇼 저리가라구면?"

"공수 양면에서 도와주시니까 가능한 거죠."

이오발디가 겸손하게 꺼낸 말에 기브스가 민우의 어깨를 툭툭 두드렸다.

"민우야, 이오발디가 고맙단다."

"예?"

민우가 무슨 소리냐는 듯한 반응을 보이자, 선수들이 가볍게 웃어 보였다.

"뭐가 예야. 6회에 네가 보여준 다이빙 캐치가 아니었으면 이오발디는 지금 저~ 기 구석에서 질질 짜고 있을 걸?"

기브스가 민우를 칭찬하는 듯하면서 이오발디를 놀리는 모습에 선수들이 다시 한 번 웃음을 터뜨렸다.

다저스의 오늘 분위기는 굉장히 좋았다.

이오발디는 우려의 시선을 이겨내고 호투를 보이고 있었다.

하지만 6회 말, 2아웃을 잡아놓고 연속 안타를 허용한 이오발디가 안정을 잃고 흔들리기 시작했다.

하지만 실점 위기를 맞이한 이오발디가 흔들리고 있을 때, 민우가 환상적인 다이빙 캐치로 그를 지켜주었다.

이에 힘을 얻은 듯, 이오발디는 이후 안정을 찾았고, 8회 초까지 투구를 이어가며 자신의 임무를 200% 이상 해내고 있었다.

"자자! 이오발디가 이렇게 노력해 주는데, 우리도 윌슨을 무너뜨려야지?"

블레이크가 주변을 환기시키며 가벼워진 분위기를 적당히 끌어 올렸다.

선수들은 현재 스코어가 0 대 0으로 팽팽히 맞서고 있다는 점을 다시금 상기하며 전의를 불태웠다.

"다저스의 저력을 보여주자고!"

"우승트로피는 레인저스가 아니라 바로 우리 다저스의 것이다!"

"오우!"

양 팀에게 남은 공격 기회는 각각 한 번씩이 남아 있었다.

그리고 9회 초, 다저스의 정규이닝 마지막 공격이 시작되었다.

9회 초의 시작과 함께 레인저스의 야수들이 하나둘 더그아웃을 빠져나왔다.

그리고 마지막으로 선발투수였던 윌슨이 더그아웃을 빠져나와 마운드로 향했다.

9회에도 윌슨이 등판하는 모습에 레인저스의 팬들이 격하게 환호성을 내질렀다.

"와아아아아!"

"완봉 가자!!"

"다저스를 완전히 뭉개 버리자!!"

―윌슨 선수가 다시금 마운드에 오르네요!

―이미 투구 수는 100개를 넘긴 상황인데요. 과연 이번 이닝을 윌슨에게 맡긴 것이 어떤 결과로 이어질지 정말 궁금하네요.

선두 타자로 나선 선수는 2번, 이디어였다.

'이건 두 번 찾아오지 않을 기회다!'

이디어는 윌슨이 다시금 마운드에 올라오는 모습에 이번 이닝이 어쩌면 빅 이닝이 될지도 모른다는 것을 어렴풋이 느끼고 있었다.

그리고 그것을 깨달은 것은 이디어뿐만 아니라 후속 타자인 로니와 민우를 포함한 다저스 선수들 역시 마찬가지였다.

'이번 기회를 살리면 희망이 있다.'

사실, 월드시리즈 마지막 경기를 완봉승으로 장식한다는 것은 상상만 해도 짜릿한 일이었다.

하지만 그것은 그들의 생각대로 다저스의 타선이 무기력하게 돌아서야만 가능한 일이었다.

투구 수 100개를 넘어선 투수가 9회에도 마운드에 올라왔다는 건 긍정적으로 본다면 투수의 투혼이었지만, 나쁘게 생각하면 한 선수의 과욕이었다.

자칫 잘못하다가는 패배를 기록함과 동시에 다저스에게 반등의 기회를 줄 수도 있는 상황이었다.

'완봉으로 월드시리즈를 우승하고 싶다는 건 욕심이야. 소를 탐하다가는 대를 잃을 수 있어. 하지만 그게 상대 팀이라는 건 행운이라고 할 수 있겠지.'

공수가 교대되기 전, 레인저스의 더그아웃에서 느껴지는 부산스러운 움직임에 민우의 시선이 절로 그곳으로 향했다.

그 눈에 잡힌 윌슨은 휴식 대신 레인저스의 투수 코치를 계속해서 쫓아다니며 무언가를 강하게 주장하고 있었다.

그 움직임은 곧 감독에게 이어졌고 무언가를 계속해서 어필하고 있었다.

그런 윌슨의 얼굴은 눈에 띄게 상기되어 있었다.

고성은 오가지 않았지만 마치 의견이 어긋나고 있는 것처럼

보이는 그 모습에 설마 하는 마음을 가졌던 민우는 9회 초,
윌슨이 마운드에 다시금 오르는 모습에 주먹을 쥐었다.

'됐어!'

월드시리즈 완봉승이라는 흔치 않은 기록이 걸린 상황이었
다.

비록 0 대 0이라는 상황이었고, 9회 말 마지막 공격에서 레
인저스가 점수를 내지 못한다면 없던 일이 될 상황이었다.

하지만 투수의 입장에서 언제 또 찾아올지 모를 기회를 놓
치고 싶지는 않았을 것이다.

그리고 그런 투수의 기록을 향한 욕망은 팀 전체의 부담을
가중시키는 결과로 이어지기 쉬웠다.

민우는 배트를 들고 자신의 타석을 기다리며 레인저스 야
수들의 면면을 살폈다.

대체로 평소와 다름없는 모습이고, 우승에 거의 다다른 상
황이어서인지 얼굴에는 어렴풋이 미소도 지어져 있는 모습이
었다.

하지만 속으로는 긴장이 되는 듯, 계속해서 유니폼에 손을
문지르고, 글러브를 만지작거리는 등 산만한 모습을 보이고
있었다.

'확실해. 긴장하고 있다.'

그리고 그런 야수들의 긴장한 듯한 모습은 다저스 선수들

의 자신감을 더욱 높여주고 있었다.

야수의 긴장은 곧 실책으로 연결되기 십상이었다.

그리고 첫 타자인 이디어는 그 기회를 놓치지 않게 과감한 스윙을 보였다.

슈우욱!

윌슨의 손을 떠난 공이 몸 쪽으로 크게 파고드는 모습에 이디어는 반 박자 빠르게 배트를 휘둘렀다.

따악!

둔탁한 타격음과 함께 과하게 당겨진 타구가 순식간에 1루 방면으로 쏘아졌다.

그러자 곧장 베이스 뒤쪽에서 수비 자세를 취하고 있던 태성이 타구를 쫓아 앞으로 달려 나왔다.

모두가 쉽게 아웃을 잡을 것으로 예상한 순간, 다저스에게 행운이 따랐다.

퍽!

스핀이 걸린 타구가 급격히 떨어져 내리며 1루 베이스를 때렸고, 그대로 높이 튀어 오르며 태성의 키를 넘어가 버렸다.

'이런 쌍!'

태성이 본능적으로 몸을 띄우며 팔을 뻗었지만, 그가 잡기에는 너무나도 높이 튀어 오른 타구는 그대로 뒤쪽으로 넘어가 버렸다.

그사이, 이디어는 전력으로 질주하며 1루를 지나 곧장 2루 베이스를 노렸다.

—1루 강습! 아! 베이스 맞고 굴절되는 타구! 우익수가 급히 달려 내려와 공을 줍는 사이 이디어는 2루까지! 2루에서! 2루에서!

촤아아악!

이디어가 슬라이딩을 하며 가볍게 흙먼지를 일으켰고, 뒤이어 날아온 공이 유격수의 글러브에 꽂혔다.

그 모습에 2루심이 고민 없이 양팔을 벌려 보였다.

세이프!

그 모습에 다저스 더그아웃에서 환호성이 터져 나왔다.

"나이스!!"

"잘했어! 이디어!"

"그대로 홈까지 들어오라고!"

—세이프! 세이프입니다! 이디어 선수의 2루타! 첫 타석부터 다저스에 행운이 따라줍니다.

—아~ 정말 묘한 타구가 나왔어요. 윌슨 선수가 기분이 상

당히 나쁘겠는데요?

이제 안타 하나만 터지면 역전이 될 수도 있는 상황에 레인저스 팬들은 언제 환호성을 내뱉었냐는 듯, 무거운 침묵에 휩싸였다.

마운드 위의 윌슨 역시 약간은 굳어진 표정으로 2루 베이스를 밟고 서 있는 이디어를 바라보고 있었다.

하지만 레인저스 더그아웃에서는 아직 윌슨을 강판시키기 위한 움직임을 보이지 않고 있었다.

아무래도 정타를 맞은 것이 아닌 데다 운이 따라준 안타였기에 계속 믿고 가는 것 같았다.

뒤이어 타석에는 3번 타자인 로니가 들어섰다.

이미 한 번 행운의 안타를 맞은 데다 득점권에 주자를 내보내게 되어서인지 윌슨은 신중에 신중을 기한 투구를 이어갔다.

슈우욱!
팡!
스트라이크!

로니는 스트라이크존의 바깥쪽 구석을 찔러 들어오는 절묘한 공에 너무나도 아쉬운 듯한 표정을 지어 보였다.

1구 볼 이후 2구와 3구가 연속으로 스트라이크존을 파고들며 볼카운트는 순식간에 타자에게 불리하게 바뀌어 있었다.

곧 사인 교환을 마친 윌슨이 2루를 잠시 바라보고는 세트 포지션에서 강하게 공을 뿌렸다.

슈우욱!

스트라이크존의 낮은 쪽으로 향하는 윌슨의 공에 로니의 배트가 스타트를 끊었다.

하지만 로니의 예상과는 달리 윌슨의 공이 절묘하게 떨어져 내리며 배트와의 거리가 벌어졌다.

'젠장!'

로니가 허리를 숙이면서까지 배트에 공을 맞추려 노력했지만 그 노력이 무색하게 공은 홈 플레이트 앞에서 바운드되며 배트를 빗겨갔다.

하지만 이번에도 행운의 여신이 레인저스를 저버렸다.

─공 뒤로 빠집니다! 낫아웃 상태!

바운드를 막기 위해 몸을 살짝 띄운 나폴리의 다리 사이로 예상보다 낮게 바운드된 공이 힘없이 흘러가 버렸다.

그 모습에 로니가 배트를 내던진 채, 곧장 1루를 향해 달려가기 시작했고 2루 주자였던 이디어는 잽싸게 3루로 쇄도

했다.

나폴리가 급히 흘러간 공을 쫓아 주워 들어 1루를 향해 강하게 공을 뿌렸다.

하지만 간발의 차이로 로니가 베이스를 먼저 밟으며 출루에 성공할 수 있었다.

—스트라이크 낫아웃 상황에서 출루에 성공하는 로니 선수! 그리고 2루 주자는 3루까지!

—아~ 정말 묘한 상황이 나왔네요. 행운의 안타에 이어서 낫아웃 출루까지 만들어지며 노아웃에 주자는 1루와 3루로 바뀝니다.

묘하게 돌아가는 상황에 레인저스의 팬들이 술렁이기 시작했다.

9회가 시작되자마자 마치 짜고 친 것처럼 다저스에게 출루를 허용하는 윌슨의 모습은 불안하기 짝이 없었다.

타석에 들어서는 다음 선수가 민우라는 것은 그런 레인저스의 불안감을 더욱 증폭시키고 있었다.

곧, 레인저스의 더그아웃에서는 곧장 워싱턴 감독이 달려나왔다.

윌슨은 그 모습에 고개를 가로저으며 씁쓸한 표정을 지

었다.

곧 워싱턴 감독이 내민 손에 공을 건넨 윌슨이 고개를 숙인 채 마운드를 내려갔다.

윌슨의 뒤를 이어 마운드에 오른 투수는 레인저스의 마무리, 펠리즈였다.

펠리즈가 마운드에 오르는 모습에 레인저스의 팬들은 다시금 박수를 치며 분위기를 끌어 올렸다.

'혹시나가 역시나네.'

타석에 들어서던 민우는 윌슨이 강판되고 펠리즈가 마운드를 이어받는 모습에 약간은 아쉬운 듯한 미소를 지어 보였다.

사실, 흔들리기 시작한 투수만큼이나 노리기 좋은 먹잇감은 없었다.

이디어의 2루타는 행운으로 만들어진 것이었지만 로니의 낫아웃 출루는 윌슨의 제구가 흔들렸다는 것이기도 했다.

하지만 워싱턴 감독이 그 흔들림은 놓치지 않고 곧장 펠리즈를 등판시키면서 민우에게 기회를 주지 않겠다는 의지를 보였다.

'어쩔 수 없지만… 오히려 이게 더 나을지도 모르겠지.'

민우는 배트를 가볍게 한 번 휘두르며 타격 자세를 잡은 뒤, 펠리즈를 바라봤다.

펠리즈는 최고 101마일의 강속구를 뿌리는 투수인 만큼 제구보다는 구속으로 타자를 찍어 누르는 스타일이었고, 열에 아홉은 패스트볼을 뿌리는 투수였다.

'과감하게 돌려보자.'

상황은 무사 1, 3루.

외야로 공을 보내기만 한다면 잡히더라도 1득점은 거의 확실했다.

그 점은 펠리즈 역시 상기하고 있을 것이었다.

'유인구로 던지는 브레이킹 볼만 조심하면 될 거야.'

열에 아홉이 패스트볼이라는 건 그만큼 선택지가 좁다는 뜻이기도 했다.

곧, 사인 교환을 마친 듯 펠리즈가 투수판을 밟고 섰다.

그리고 잠시 뒤, 와인드업 자세에서 강하게 공을 뿌렸다.

슈우욱!

팡!

"스트라이크!"

펠리즈의 손이 휘둘러지고, 날카롭게 바람을 가르는 소리와 함께 가죽이 터지는 듯한 소리가 연이어 들려왔다.

민우는 초구를 가볍게 흘려보내며 그 구속을 몸에 새겨 넣었다.

곧이어 펠리즈의 손이 다시 한 번 휘둘러졌다.

슈우욱!

'한가운데!'

한가운데로 날아오는 공의 궤적에 민우가 곧장 스트라이드를 내디뎠다.

그리고 뒤로 당겼던 배트를 강하게 앞으로 휘둘렀다.

하지만 배트가 스타트를 끊은 시점에서 민우의 표정이 가볍게 일그러졌다.

'오프 스피드 피치?'

바로 직전, 101마일을 찍었던 패스트볼이 10마일가량 느리게 날아오고 있었다.

하지만 배트를 멈추기에는 늦은 상황이었고, 민우는 고민 없이 당겨 치는 것을 선택했다.

따아아악!

체중을 그대로 실은 배트가 펠리즈의 패스트볼을 강하게 잡아당기며 거친 타격음을 내뱉었다.

곧, 총알처럼 쏘아진 타구가 1루 방향으로 총알같이 쏘아졌다.

펠리즈의 구속보다 훨씬 빠르게 쏘아진 타구는 순식간에 태성의 정면으로 날아갔다.

'어딜!'

정면으로 날아오는 공에 태성이 코웃음을 치며 더블 플레이를 생각하고 있던 순간.

태성의 눈에 공이 아래로 쑥 꺼지는 것이 보였다.

'어어?'

빡!

뒤이어 아랫도리에서 느껴지는 묵직한 충격에 태성은 머리가 새하얘지는 느낌과 함께 두 눈이 뒤집히며 그대로 쓰러지고 말았다.

"커억!"

태성이 아랫배 부근을 부여잡은 채, 고통스러운 비명을 지르는 모습에 레인저스의 팬들이 머리를 부여잡고, 손으로 입을 가린 채, 충격에 빠진 표정을 지었다.

"어우우우!!"

"으아아!!"

―어후! 1루 강습 타구에 맞으며 주저앉는 강태성 선수! 타구는 파울라인 옆으로 굴러가고 그사이 1루 주자는 2루까지, 3루 주자는 홈을 밟습니다! 오늘 경기 첫 번째 득점에 성공하는 다저스!

―아~ 이거 강태성 선수가 굉장히 고통스러워하고 있는데요. 직선 타구에 급소 부근을 맞은 것처럼 보였거든요. 정확히 어느 부위를 맞은 것인지 모르겠습니다만… 어후… 굉장

히 괴로워 보입니다.

1루를 빠르게 밟고 지나갔던 민우는 몸을 뒤로 돌린 채, 놀란 표정으로 태성을 바라봤다.

'영 좋지 않은 곳에 맞은 것 같은데……'

고의는 아니었다.

강하게 때린다는 생각으로 당겨 친 타구에 '논 스핀 히트'의 특성이 발동된 것이 영향을 끼쳤다.

그러면서 휘어진 타구가 하필이면 태성의 급소 부근으로 향한 것이었다.

태성의 숄더 어택으로 큰 부상을 당할 뻔했던 기억이 떠올라 잠시 통쾌하다는 느낌도 들긴 했다.

하지만 타구에 강타당한 부위가 남자의 자존심이이라면 같은 남자로서 걱정스러운 마음이 들지 않을 수가 없었다.

잠깐의 시간이 흐른 뒤, 다행히도 태성이 천천히 고개를 들어 올렸다.

그 얼굴에 흐르는 식은땀과 눈가에 고인 눈물이 그가 느꼈을 고통이 어느 정도였는지 말해주는 듯했다.

―아~ 강태성 선수. 힘겹게 고개를 듭니다만 여전히 고통이 가시지 않은 표정이네요.

—보통 급소 부위를 맞으면 아무리 빨라도 한 시간은 지나야 그 고통이 가시거든요. 이건 맞아본 사람만이 알 수 있을 겁니다.

—예. 워싱턴 감독이 강태성 선수를 빼는군요. 1루에는 그를 대신해 모어랜드 선수가 들어섭니다.

—후우. 이런 경우가 종종 발생하기에 급소보호대 착용을 권합니다만, 움직임이 불편한 것이 있기 때문에 착용하지 않는 선수가 많은데요. 그나마 다행인 점은 강태성 선수는 상태를 보아 보호대를 착용한 것으로 보입니다. 이번 일이 다른 선수들에게 다시 한 번 경각심을 가지게 하는 계기가 되었으면 좋겠습니다.

잠시간의 시간이 흐른 뒤, 온몸에 힘이 빠진 듯한 태성이 트레이너의 부축을 받고서야 힘겹게 몸을 일으켰다.

짝짝짝!

휘이익—!

사방에서 팬들이 태성을 위로하듯 박수를 치며 힘을 돋우고 있었지만 태성의 귀에는 그저 윙윙거리는 듯한 소리로밖에 들리지 않았다.

아직도 아랫도리가 찌릿거릴 때마다 다리가 풀려 혼자 힘으로는 걸음을 옮기기조차 버거웠다.

'으으…….'

태성은 자신을 맞춘 민우에 대한 분노가 차오를 새도 없이, 그 아랫도리가 무사한지에 걱정이 더 쏠렸다.

그렇게 태성은 트레이너의 부축을 받은 채로 곧장 그라운드를 빠져나가 병원으로 직행했다.

아웃 카운트가 하나도 늘어나지 않은 채, 주자는 이제 1, 2루로 바뀌어 있었다.

점수는 한 점 벌어진 상황이었다.

충격적인 상황을 목격해서인지 레인저스 선수들의 움직임은 하나같이 꽤나 위축된 모습이었다.

따악!

따악!

그리고 그런 위축된 수비 사이로 켐프와 유리베의 연속 안타가 터져 나오며 다저스는 2점을 더 뽑아내는데 성공했다.

9회의 3점 차이는 쉬이 좁혀질 점수가 아니었고, 예상대로 9회 말, 귀홍치가 레인저스의 타선을 삼자범퇴로 깔끔하게 막아내며 월드시리즈 5차전 경기는 다저스의 승리로 종료되었다.

다저스는 1승 이후 3연패를 기록한 뒤, 모처럼만에 기적처럼 1승을 거두며 다시금 반등의 계기를 만든 날이었다.

한 경기 차이로 다시금 좁혀진 월드시리즈의 무대는 다시 다저스타디움으로 옮겨질 예정이었다.

반등의 계기를 마련한 다저스가 홈그라운드에서 우승 트로피를 들어 올릴 수 있을지, 레인저스가 적지에서 우승의 기쁨을 맞이할지, 메이저리그의 팬들은 기대에 찬 눈빛으로 그 결과를 쫓았다.

하지만 그 뒤에서 바쁘게 움직이는 이들이 가져온 하나의 결과는 모든 이들을 다시 한 번 충격에 빠뜨렸다.

*　　　　*　　　　*

레인저스의 구단주와 단장, 감독에게 연이어 전해진 소식은 그들을 충격에 빠뜨렸고, 침묵에 휩싸이게 만들었다.

그리고 그 소식은 병원에서 검사를 받던 태성에게도 전해졌다.

급소보호대 덕분에 찰과상 수준의 부상으로 끝이 났다는 소리에 안도한 것도 잠시, 눈앞에 나타난 검은 정장의 남성들은 태성에게 사형 선고를 내렸다.

"강태성 선수의 도핑 재검사 결과 역시 양성으로 나왔습니다. 이에 증거 인멸의 우려가 있다고 판단되어 구속영장과 가택수색영장이 발부되었습니다. 강태성 선수는 저희와 함께 가

주서야겠습니다."

고통에 신음하던 태성은 눈앞에 나타난 검은 정장의 남성들이 지옥에서 온 저승사자와 같이 느껴졌다.

'이런 빌어먹을……'

결국 끝까지 이루어낸 것이 아무것도 없었다.

하마터면 남자의 상징을 잃어버릴 뻔했다.

오늘 경기에서 패배했다는 소식이 들려오며 월드시리즈 우승을 만들어내는 데에 실패했다.

자신이 빠진 레인저스가 우승 트로피를 들어 올리는 것에는 이제 관심이 없었다.

'다 끝났다……'

애써 회피하고 외면하고 있었지만 결국 눈앞에 닥쳐온 사실은 변함이 없었다.

태성은 말없이 자리에서 일어섰고, 양손이 남성들에게 붙들린 채, 절뚝거리는 걸음으로 병원을 빠져나갔다.

그리고 휴식일에 발표된 수많은 기사는 한 선수의 몰락을 전 세계에 빠르게 알렸다.

〈강태성, 도핑 재검사에서도 양성반응, 월드시리즈 6차전부터 출전 불가.〉

금지약물 사용 의혹을 받아온 레인저스의 '강타자', 강태성이 결국 도핑 재검사에서도 양성으로 드러나 큰 충격을…….

〈레인저스 구단주 '지극히 실망스러운 결과. 그래도 그를 응원하겠다.'〉

재검사 결과가 발표되자 구단은 조심스럽게 '강태성은 잘못을 깨닫고 뉘우치고 있다. 그가 한순간의 잘못된 선택을 했지만 누구나 옳은 선택만을 하는 것은 아니다. 중요한 것은 그가 잘못을 시인하고 다시는 그런 선택을 하지 않는 것이다. 우리는 그를 응원한다.'며 강태성을 옹호하는 발언을 내뱉었다. 이는 현 레인저스의 타선에서 강태성이 차지하는 비중이 어느 정도인지 추측이 되는 것으로…….

〈'금지약물 발각' 강태성, "끝까지 응원해 준 모든 이에게 사과드린다. 명예회복 위해 최선을 다할 것." 팬들은 실망감 감추지 못해.〉

강태성이 기자회견을 통해 공개 사과했다.

강태성은 재검사 결과 양성반응이 나오자 곧장 기자회견을 열고 사과의 뜻을 밝혔다.

그는 "해서는 안 될 선택을 했다"며 "그때로 돌아간다면 다시는 이런 선택을 하지 않을 것"이라며 잘못을 인정했다.

하지만 왜 그 약물을 사용했는지, 언제부터 약물을 사용했는지는 밝히지 않으며 궁금증을 완전히 해소해 주지는 못했다.

FBI는 자택에서 발견된 약물과 브로커의 장부로 비추어 볼 때, 시즌 초 부진하던 시기부터 약물을 사용하기 시작한 것으로 보인다고 밝혀 충격을…….

태성의 도핑 사실이 적발되고 기사가 쏟아지기 시작한 때가 하필이면 휴식일이었다.

덕분에 모두의 관심은 월드시리즈에서 잠시 떨어져 태성의 도핑 파문에 온통 쏠려 있었다.

도핑 재검사에서도 양성으로 나오며 출장 정지가 확정된 태성은 곧장 기자회견을 열고 공개적으로 사과를 하며 머리를 숙이는 퍼포먼스를 보였다.

하지만 이제 그의 편을 들어줄 사람은 아무도 없었다.

─뻔뻔하네. 거짓말로 팬들 능욕해 놓고는 이제 와서 후회한다고? 참나.

─처음에 적발됐을 때 그냥 사과했으면 이 정도로 실망스럽지는 않았을 듯.

─시즌 초부터 사용했다는 건 결국 기록 전부가 약빨이라는 소리잖아.

─양심이 있으면 연봉 반납하고 은퇴해라.

그를 응원하던 팬들은 그의 주장이 거짓말로 밝혀진 것에 큰 실망감을 감추지 못했고, 대다수가 그에게서 등을 돌렸다.

그에게 타이틀을 빼앗긴 선수들은 설마가 사실로 밝혀지자 그를 향해 원색적인 비난을 아낌없이 날렸다.

―강태성은 메이저리그의 명예를 실추시켰다.

―약물로 인해 기회를 빼앗긴 선수들에게 사과해야 한다.

―약물 근절을 위해 1차 적발 때부터 영구 제명을 시켜야 한다.

태성은 레인저스의 '영웅'에서 메이저리그의 '역적'으로 떨어져 내렸다.

레인저스의 팬들 중 일부는 태성이 없었다면 레인저스의 월드시리즈 진출도 없었을 것이라며 감싸려는 듯한 움직임을 보였지만, 대다수의 팬은 약으로 만들어진 결과는 의미가 없다며 회의적인 반응을 보였다.

일부 극성 팬은 이번 월드시리즈에서 레인저스가 우승하지 못한다면 태성을 쏴 죽이겠다는 과격한 말까지 내뱉으며 고압적인 모습을 보이기도 했다.

하지만 태성이 감내해야 할 것은 이것으로 끝이 아니었다.

이제 잘못된 선택으로 인해 그가 치러야 할 물질적인 대가 또한 남아 있었다.

〈거센 도핑 후폭풍. 강태성 후원 기업들 도핑 적발 소식에 줄소송 걸어… 소송 금액 100억 원↑ 추가 소송도 예상돼.〉

강태성이 도핑 적발로 인해 총액 100억 대 소송에 휘말렸다.

(중략)

태성에게 소송을 건 기업들은 '도핑 적발로 인해 그동안 쌓아온 기업 이미지가 크게 훼손됐다'고 주장했고 '향후 광고 관련 비용 추가 지출'등의 이유를 들며 손해배상을 청구했다고…….

태성이 메이저리그 진출과 함께 많은 기업들과 거액의 후원 계약을 새로이 맺었던 것이 후폭풍이 되어 돌아오고 있었다.

아직 소송을 걸지 않은 기업들까지 포함하면 소송 금액은 더욱 높아질 확률이 컸다.

이것이 끝이 아니었다.

태성의 도핑 적발로 인한 불똥은 엄한 곳으로 튀기 시작했다.

첫 타깃이 된 한국 프로야구는 발등에 떨어진 불똥에 화들짝 놀라야만 했다.

프로 무대에서 메이저리그로 직행한 첫 번째 선수였던 태성이었다.

그가 데뷔한 후 보여줬던 화려한 모습이 모두 약물로 이루어진 것으로 밝혀지자 메이저리그에서는 한국 프로야구의 수준을 평가절하하려는 움직임을 보이기 시작했다.

일각에서는 한국 프로 선수들이 도핑을 피해 공공연히 도핑을 하고 있는 것이 아닌가 하는 의문까지 표출하기까지 했다.

태성의 사례가 프로에서 메이저리그로 진출한 첫 케이스에서 마지막 케이스가 될 판이 되어버린 상황에 다급해진 것은 한국 정부와 KBO였다.

정부 입장에서는 태성의 도핑 적발로 인해 한국 프로야구가 평가절하되며 국격이 떨어지는 것을 우려했고, KBO 역시 그 이미지 훼손으로 인해 추후 프로 선수들이 메이저리그로 진출하는 것에 걸림돌이 생기는 것을 우려했다.

정부와 KBO는 곧장 밀실회의를 가진 뒤, 정부 차원에서 한국 반도핑 기구의 검사장비 도입에 수십억을 투자할 것을 발표함과 동시에 전수검사, 불시검사로 혹여나 있을 도핑 위험을 사전에 차단하겠다는 의지를 표명했다.

이는 훗날 태성의 도핑 스캔들이 불러온 이슈 중 유일하게 긍정적으로 영향을 미친 사례가 되었다.

이런 불똥은 민우 역시 피해갈 수는 없었다.

민우는 도핑 검사에서 어떠한 금지 약물도 적발되지 않으며 깨끗함을 증명했다.

하지만 메이저리그의 역사에 남을 기록을 세웠다는 사실에 일부 극우주의자들과 음모론자들의 타깃이 되어 원색적인 비난을 받기 시작했다.

여기에 민우가 한국 프로야구의 2군 무대에서 뛰었던 것을 언급하며 그런 선수가 어떻게 메이저리그에서 수많은 기록을 남길 수 있는지 의심스럽다는 주장까지 나오는 모습이었다.

다행히 그런 움직임에 FBI가 공개적으로 민우가 제공한 모든 시료에서 도핑 음성반응이 나왔음을 다시 한 번 밝히며 민우에게 힘을 실어주었다.

하지만 음모론자들을 잠재울 수 있는 것은 결국 민우가 앞으로도 꾸준히 좋은 성적을 기록하는 것뿐이었다.

그리고 그 첫 번째 발걸음은 바로 월드시리즈에서의 우승을 달성하는 것이었다.

*   *   *

태성의 도핑 소식으로 한바탕 폭풍이 휘몰아친 다음 날.

월드시리즈 6차전이 열리는 다저스타디움에는 다저스의 팬들이 내뿜는 열기로 인해 후끈거림이 느껴지고 있었다.

빈자리 하나 없이 빼곡하게 들어찬 팬들은 벼랑 끝에서 살아 돌아온 다저스의 선수들에게 열렬한 응원을 쏟아내고 있었다.

그리고 그 응원 소리는 레인저스 타자들이 타석에 들어설 때마다 '우-우!' 하는 야유로 바뀌었다.

"우-우-우-우!!"

"약쟁이 팀은 월드시리즈에서 우승할 자격이 없다!"

"너희 때문에 떨어진 아메리칸리그 팀들에게 미안하지도 않냐!"

레인저스의 선수들은 자신들을 향해 야유와 경멸의 목소리가 들려올 때마다 이를 악물었다.

만약 레인저스가 홈에서 일찌감치 우승 트로피를 들어 올렸다면 이런 야유를 받을 일은 없었을 것이다.

하지만 레인저스는 홈에서 우승할 기회를 놓쳤고, 레인저스의 선수들은 월드시리즈 우승을 위해 적지인 다저스타디움으로 향할 수밖에 없었다.

그리고 하필이면 레인저스를 대표하는 타자로 거듭났던 태성의 도핑이 적발되며 선수들을 절망과 무기력함에 빠뜨렸다.

그리고 그런 절망과 무기력함은 오기로 변질되기 시작했다.

'젠장! 우리가 도대체 무슨 잘못을 했다고!'

'약을 빤 건 태성이지 우리가 아니란 말이다!'

'우리는 태성이 오기 전에도 월드시리즈에 올랐던 팀이라고!'

'태성이 없어도 월드시리즈에서 우승할 수 있다는 걸 증명해 보이겠어!'

근육은 과도하게 긴장됐고, 시야는 흐려졌다.

깔끔한 스윙과 예리한 선구안을 통해 뛰어난 타격을 보이던 많은 선수는 마치 다른 사람의 몸에 들어간 것처럼 무기력한 스윙을 보였다.

마치 먹이를 노리는 매처럼 총알같은 타구에도 날렵하게 몸을 날리던 모습은 온데간데없이 손쉬운 타구마저 놓치는 모습으로 실책을 연발했다.

그 결과, 승부는 일찌감치 다저스의 쪽으로 기울고 있었다.

7회 말. 점수는 이미 일찌감치 7 대 0까지 벌어져 있었다.

그리고 8회 말, 다저스는 첫 타자인 민우가 2루타를 때려내며 다시금 득점 기회를 맞이했다.

이후 다음 타자로 들어선 켐프가 포수 팝 플라이로 물러나며 잠시 흐름이 끊어졌다.

1아웃 주자 2루 상황.

따악!

유리베의 배트에서 쏘아진 타구가 바운드되며 날카롭게 튀어 올랐고, 2루수 킨슬러가 한 박자 늦게 몸을 날렸다.

하지만 타구는 글러브를 아슬아슬하게 빗겨간 채, 우중간 방면으로 굴러가기 시작했다.

"젠장!"

펙! 펙!

공을 잡지 못한 킨슬러가 분하다는 듯, 그라운드를 주먹으로 두드리고 나서야 몸을 일으켜 중계 플레이를 준비했다.

그 모습에 다저스의 팬들이 다시금 환호성을 내질렀다.

"나이스 안타!"

"홈으로 달려!!"

그리고 그사이 2루에 있던 민우는 여유 있게 홈을 밟으며 한 점을 추가했다.

"이제 8 대 0이다!"

"여기서 지는 것도 힘들지!"

팬들은 또 하나의 득점이 추가되는 모습에 신이 난 모습이었다.

오늘만 벌써 3득점을 기록한 민우는 더그아웃으로 들어서며 세 번째 하이파이브를 나눴다.

선수들과 가볍게 기쁨을 나눈 민우가 곧 기븐스가 기대어 있는 난간 옆에 나란히 기대서며 입을 열었다.

"강태성 한 명이 빠졌다고, 팀이 이렇게 변할 수도 있군요."

민우의 말에 기븐스가 그라운드에서 시선을 떼지 않은 채, 가볍게 고개를 끄덕였다.

"팀의 4번 타자였으니까. 우리가 커쇼를 잃었을 때보다 더 큰 충격이 있을 거야."

"커쇼는 부상으로 낙마한 거지만, 강태성은 약물로 간 거니까요."

"그렇지."

기븐스의 말에 민우가 가볍게 고개를 끄덕였다.

팀의 에이스와 4번 타자는 그 중요도가 다른 어떤 선수들보다 컸다.

에이스 투수는 이겨야 할 경기에서 팀에 승리를 안겨주고, 4번 타자는 적시에 한 방을 날려 팀에 승리를 안겨주는 역할을 한다는 점이 비슷하다고 할 수 있었다.

하지만 지금의 상황은 조금 다르다고 할 수 있었다.

레인저스의 선수들은 태성의 이탈이 부상이 아니라 약물로 인한 것이라는 이유로 엄청난 비난과 야유를 받아야만 했다.

만약 정규 시즌에 약물로 인해 출장 정지를 받았다면 그 영향이 조금은 덜했을지도 몰랐다.

하지만 레인저스가 포스트 시즌에서 7연승을 기록하며 월드시리즈 무대에 올라온 것은 태성의 홈런포가 적지 않은 영향을 끼쳤다.

여기에 다저스 역시 태성의 홈런이 폭발하며 2, 3, 4차전을 내리 내어주고 말았고, 월드시리즈 탈락의 벼랑 끝까지 밀려났었다.

한창 분위기가 달아올랐을 때 터진 약물 스캔들의 직격타를 맞은 것은 그 누구도 아닌 레인저스의 선수들이었다.

태성의 부재로 인해 월드시리즈에서 탈락하게 되는 것은 삐뚤게 보면 약의 힘으로 올라온 것을 인정하는 모습처럼 볼 수 있었기 때문이었다.

그런 압박감이 레인저스 선수들의 움직임을 무디게 만들었고, 그럴수록 압박감이 더욱 커지는 악순환이 반복되고 있었다.

그렇게 1회, 2회를 지나 8회까지 오며 다저스에 내어준 실점이 무려 8점이 되어 있었다.

그리고 이런 타자들의 무기력함은 선발 투수로 나선 루이스에게까지 전염되고 말았다.

결국 루이스는 5.1이닝 동안 6실점(3자책점)을 기록하며 진즉에 무너져 내렸고, 타선은 단 1점도 뽑지 못한 채 삼진 10개를 헌납하며 자멸했다.

이후 9회 초, 젠슨이 마운드에 올라 1이닝을 깔끔하게 막아내며 경기를 매조지었다.

스코어 8 대 0.

다저스의 깔끔한 승리였다.

이날의 승리로 인해 시리즈 전적은 3승 3패로 동률이 되었다.

알링턴 볼 파크에서 벼랑 끝으로 몰렸던 다저스는 홈에서 치러진 이날 경기에서 투수 빌링슬리를 포함해 선발 전원 안타와 함께 승리를 따내며 완전히 분위기를 타기 시작했다.

반대로 우승의 문턱에서 무기력한 2연패로 발목이 잡힌 레인저스는 마지막 기회라는 압박감과 적지에서 최후의 결전을 치러야 한다는 부담감이 어깨를 강하게 짓누르고 있었다.

*　　　　*　　　　*

숙소로 가기 위해 주차장으로 향하던 민우는 익숙한 인영을 발견하고는 미소를 지었다.

"퍼거슨. 오늘도 일탈인가요?"

민우의 물음에 퍼거슨도 미소를 지어 보였다.

"요즘 들어 경기장을 찾는 게 재미있네요."

"후후. 이제야 야구의 참맛을 알아 가시나 보네요."

"그런 걸까요?"

둘은 그렇게 대화를 주거니 받거니 하며 회포를 풀었다.

"이제 마지막 한 경기만 남았네요. 지켜보는 입장에서 말하자면, 조금은 놀랐어요. 미안하지만 4차전까지만 하더라도 우승은 물 건너간 줄 알았거든요."

퍼거슨의 말에 민우는 과거 우승을 자신했던 때를 떠올리며 피식 웃음을 터뜨렸다.

"이거, 우승을 확신했다면 민망할 뻔했는데요?"

"가능성이 높다고 했었죠? 후훗. 사실, 4차전에서 큰 부상을 당한 줄 알고 얼마나 놀랐었는데요."

"제가 몸이 워낙에 단단해서 그 정도로는 끄떡없거든요. 뭐, 의도하진 않았지만 어쩌다 보니 복수도 제대로 해줬죠. 조금 끔찍하긴 했지만……."

민우는 그 말과 함께 그 당시가 떠오른다는 듯, 몸을 부르르 떨었다.

민우의 우스운 몸짓에 옅게 웃음을 보인 퍼거슨이 민우를 바라봤다.

"내일 경기, 어때요? 이길 자신 있어요?"

퍼거슨의 물음에 민우가 퍼거슨을 바라보며 자신 있는 목소리를 냈다.

"그럼요. 저에겐 우승을 해야 하는 이유가 있거든요."

민우의 말에 퍼거슨이 잠시 그 눈을 바라보다가 돌연 고개를 돌려 조수석 문을 열었다.

"타세요. 기왕 온 김에 오늘도 태워다 드릴게요."

민우는 그런 퍼거슨의 모습에 옅게 웃으며 고개를 끄덕였다.

"예. 그럼 오늘도 실례하겠습니다."

곧, 둘을 태운 차가 주차장을 빠져나갔다.

그리고 잠시 뒤, 큼지막한 SUV차량 뒤에서 두 인영이 모습을 드러냈다.

"오늘도 태워줘? 저거, 저거, 굉장히 수상한데……."

주차장으로 나서다 둘의 모습에 몸을 숨겼던 고든의 말에 그 어깨에 손을 감고 있던 샌즈가 고개를 끄덕였다.

"음~ 수상해. 수상해. 이 연애 고수 샌즈님의 직감은 저 둘이 풍기는 분위기가 지극히 수상하다고 말하고 있어!"

"연애 고수? 그게 뭔 개똥 같은 소리여……."

고든이 어이없는 듯한 표정으로 샌즈를 바라보자 샌즈가 그런 고든의 머리를 가볍게 쓰다듬었다.

"쯔쯔. 불쌍한 중생아. 그러니까 네가 연애를 못 하는 거야."

"뭐야?"

고든이 샌즈의 손을 툭 치며 발끈하자 샌즈가 잰걸음으로 도망가며 외쳤다.

"두고 봐라. 조만간에 큼지막한 스캔들이 터질지도 모르니까."

"혼자 뭔 소리를 하는 거야. 거기 서 이 자식아!"

고든은 그런 샌즈를 어이없다는 눈빛으로 쳐다보고는 곧 순식간에 따라잡았다.

＊　　　　＊　　　　＊

6차전 경기를 기분 좋게 승리로 장식한 다저스는 축제 분위기였다.

그리고 다음 날.

7차전이 열리는 다저스타디움에 시구자로 마운드로 오르는 인물에 팬들이 열광적인 환호를 보내기 시작했다.

"와아아아아아!!"

―양 팀의 운명이 걸린 월드시리즈 7차전이 열리는 오늘, 의외의 인물이 시구를 맡았네요.

―예. 다저스로서는 이 선수의 부상으로 인해 위기를 맞기도 했지만 7차전까지 달려오는데 응집력을 부여하기도 했을 겁니다. 시구자, 커쇼 선수가 마운드로 향합니다.

원래대로라면 다저스를 이끌고 월드시리즈를 재패하는데 큰 역할을 해야 했지만, 불의의 부상으로 낙마했던 커쇼였다.

비록 부상 이후, 안정을 위해 당분간은 경기를 뛸 수 없는 몸이었기에 마운드 위에서 강력했던 공을 뿌릴 수 없게 되었다.

하지만 그가 멀쩡한 모습으로 다저스타디움을 찾은 것만으로도 다저스의 선수들과 팬들에겐 큰 용기를 주고 있었다.

커쇼는 진행자가 전해준 마이크를 받아 들고는 천천히 입을 열었다.

"안녕하십니까!"

인사와 함께 환한 미소를 지어 보이는 커쇼의 모습에 팬들이 다시 한 번 환호성을 질렀다.

그 환호성에 잠시 말을 멈췄던 커쇼가 이내 환호성이 잦아들자 다시금 말을 이어갔다.

"제 부상으로 놀라셨던 분들이 많이 계셨으리라 생각됩니다. 그리고 우리 팀도 위기를 맞았었죠. 하지만 너무 걱정하지 않으셔도 됩니다. 다저스는 강한 팀입니다. 저 하나가 빠진다고 해서 쉽게 무너질 팀이 아닙니다. 바로 지금, 7차전 무대에서 여러분을 기쁘게 하기 위해 준비를 하고 있다는 것만 보아도 알 수 있습니다."

휘이이익─!

"맞아!"

"다저스는 강하다!"

"레인저스는 우리 상대가 안 된다고!"

커쇼의 한마디, 한마디는 기세를 탄 다저스의 분위기를 더욱 끌어 올리고 있었다.

"우리는 지난 시즌 월드시리즈의 우승 팀입니다. 그리고 바로 오늘 경기에서도 승리해 우승 트로피를 들어 올리리라 믿어 의심치 않습니다. 그 이유는 바로 여러분이 있기 때문입니다. 끝까지 응원해 주십시오. 저도 경기가 끝날 때까지 선수들의 곁에서 응원을 아끼지 않을 것입니다. 그럼, 즐겁게 경기를 지켜봐 주시기 바랍니다!"

커쇼는 멘트와 함께 그 건재함을 알리듯 역동적인 와인드업과 함께 강하게 공을 뿌렸다.

슈우욱!

팡!

커쇼의 공을 받은 바라하스가 미트를 꽉 쥐어 보였다.

"와아아아!!"

"고! 고! 다저스!"

"우승은 우리의 것이다!"

커쇼가 던진 공이 포수 미트에 묵직하게 꽂히는 모습에 다저스의 팬들은 열렬히 환호성을 내질렀다.

바라하스는 곧장 커쇼에게 다가가 공을 내밀고는 그를 강하게 끌어안았다.

커쇼의 공에는 월드시리즈 무대를 함께하지 못한다는 아쉬움도 담겨 있었지만, 다저스 선수들을 향한 믿음, 그리고 우승을 할 수 있으리라는 자신감이 담겨 있었다.

커쇼의 공을 수없이 받았던 바라하스였기에 그 감정을 고스란히 느낄 수 있었다.

"커쇼. 꼭 우승 트로피를 들어 올리자."

"그래. 부탁한다."

멀찍이 수비 위치에서 그 모습을 지켜보던 선수들도 둘의 포옹에 주먹을 불끈 쥐었다.

민우 역시 그런 커쇼의 의지를 느끼고 있었다.

'더 이상 물러날 곳은 없어. 목표는 우승이다!'

민우는 오늘 경기, 자신이 할 수 있는 모든 것을 완전히 쏟아 내리라 다짐하며 글러브를 두드렸다.

예상치 못한 커쇼의 시구에 전의를 더욱 불태우며 하나가 되는 다저스의 모습은 더그아웃에 남아있던 레인저스 선수들의 어깨를 무겁게 만들었다.

"홈에서 우승을 했어야 했어."

"분위기가 너무 안 좋아."

"다저스 녀석들이 우리 홈에서 이런 기분을 느꼈을까?"

약물 스캔들과 2연패라는 성적이 겹치며 선수들은 전의를 크게 상실한 상태였다.

특히 전날 경기에서는 무언가를 보여주기 위해 최선을 다했음에도 단 1점조차 뽑아내지 못했다.

5차전 패배에서 설마 하던 마음이 6차전까지 이어지고 이제 동률을 이룬 채, 적지에서 7차전을 치러야 한다는 것에 레인저스 선수들은 어제보다 더 큰 압박감을 느끼고 있었다.

'지면 어떡하지……'

'우린 정말 약물의 도움으로 월드시리즈에 올라온 건가……'

쾅!

선수들의 눈빛에서 전의가 상실되는 것을 느낀 영이 음료 수통을 두드리며 큰 소리를 냈다.

"다들 정신 차려! 홈이든 원정이든 우리가 상대해야 하는 건 팬들도, 커쇼도 아니라고! 그라운드에 나와 있는 저 녀석들이 우리의 상대야!"

"알고야 있지만……"

"하아……"

선수들이 쉬이 기운을 차리지 못하는 모습에 영이 미간을 찌푸렸다.

"약쟁이가 없으면 여기까지 오지 못했다고? 그런 개소리에 휘둘리지 마! 야구는 혼자서 하는 게 아니야! 저 녀석들이 커쇼가 없이도 이곳까지 왔듯이, 우리도 태성이 없어도 이곳까지 올 수 있는 실력이 있기에 올라온 거야! 타격의 레인저스! 이 별명은 태성이 오기 전에도 있었다는 걸 다들 잊은 거야?"

영의 목소리에 담긴 의지는 레인저스 선수들을 절망에서 조금씩 끌어 올리고 있었다.

선수들의 눈빛이 조금씩 살아나는 것을 느낀 영이 가볍게 미소를 지어 보였다.

"잊지 마. 비록 패배했지만 지난 월드시리즈에서 다저스를 상대한 팀이 바로 우리라는 걸 말이다. 우리는 절대로 운으로, 약으로 올라온 팀이 아니다. 우리는 지난 시즌보다 더욱 강해졌다. 그리고 월드시리즈까지 왔다. 이제 마지막 7차전이다. 돌아갈 곳은 없어. 그리고 우리는 빈손으로 돌아가지 않을 거다. 우리는 우승 트로피를 가져간다!"

영이 주먹을 들어 올리자 선수들이 일제히 그를 따라 주먹을 들어 올렸다.

"오우!"

"그래! 우리도 우승해 보자!"

"해보자가 아니라 해낸다!"

"그래! 가자!"

"오오오오!"

1루 측 더그아웃 부근에 자리를 잡고 있던 다저스의 팬들은 더그아웃에서 들려오는 레인저스 선수들의 기합 소리에 살짝 놀란 표정을 지었다.

"레인저스의 기세가 대단한데?"

"글쎄. 기세만으로 우승이 가능했다면 누가 우승을 못 하겠어?"

"하긴. 팀 홈런에서 거의 2할 가까이 때려낸 강태성이 약물로 빠졌으니… 힘들겠지?"

"그렇지. 더군다나 여긴 내셔널리그고. 투수가 타석에 들어서야 한단 말이야. 이곳에선 우리가 절대적으로 유리해. 레인저스는 두 명을 손해 보는 거나 마찬가지야."

그렇게 팬들이 잠시 대화를 나누는 사이 마운드에 오른 릴리의 연습 투구가 끝이 났다.

─다저스의 선발 투수는 36살의 노장 투수, 릴리입니다.

─릴리 선수는 지난 3차전에서 3.2이닝동안 5실점으로 부진한 모습을 보였었습니다.

─그 경기에서 레인저스는 무려 16점을 뽑아내며 괴력을 보였었죠.

─하지만 그 경기가 독이 된 것일까요? 4차전에서의 4득점을 끝으로 두 경기 연속 무득점 행진을 이어가고 있습니다.

─과연 월드시리즈 우승의 운명이 갈릴 오늘 경기에서 레인

저스가 무득점 행진을 깰 수 있을지 함께 지켜봐 주시기 바랍니다.

슈우욱!

딱!

"아웃!"

릴리는 첫 타자인 킨슬러를 3구 만에 유격수 땅볼로 돌려세우며 순조롭게 아웃 카운트 하나를 채웠다.

하지만 이후 2번 앤드루스를 상대로 풀카운트 접전 끝에 볼넷을 내어주며 곧장 첫 출루를 허용했다.

─쓰리투 풀카운트! 아~ 체인지업에 속지 않는 앤드루스! 볼넷입니다.

─지금의 유인구는 생각보다 너무 크게 빠졌어요. 경기가 접전 상황이었다면 충분히 먹힐 만한 공이었지만, 이제 막 시작된 상황에서는 충분히 거를 수 있는 공이었습니다.

'생각보다 더 떨어졌는데. 조금 더 안쪽으로 넣어야 하나?'

릴리는 자신의 나이를 떠올리며, 아직 몸이 덜 풀렸다는 느낌에 빠르게 영점을 잡아야겠다고 생각했다.

하지만 그런 생각과 함께 조금 더 안쪽으로 넣은 공들이 연이어 얻어맞기 시작했다.

따악!

따악!

─해밀턴 선수의 2루타에 이어 영 선수의 2루타가 연속으로 터져 나오며 스코어는 2 대 0으로 더욱 벌어집니다.

릴리가 아주 조금 영점을 안쪽으로 수정하자, 레인저스의 타자들은 귀신같이 그 공을 노리고 달려들었다.

여기에 절묘하게 우측과 좌측 라인을 타고 흘러가는 타구에 민우는 백업 플레이를 갔다 오기를 반복하고 있었다.

초반부터 묘하게 돌아가는 분위기에 다저스타디움에도 살짝 긴장감이 감돌기 시작했다.

다음으로 타석에 들어선 타자는 벨트레였다.

바라하스는 지난 경기에서의 벨트레의 모습을 떠올리고는 가볍게 도박을 걸었다.

'벨트레는 최근 스윙이 더 커졌어. 해결사 기질이 있는 만큼 처음의 유인구에도 배트가 따라올 거야. 어차피 1루는 비어 있으니까 과감하게 유인구를 던져보자.'

릴리는 바라하스의 사인에 고민 없이 고개를 끄덕였다.

그리고 그 선택은 적중했다.

딱!

"아웃!"

완전히 빠지는 체인지업에 벨트레의 배트가 딸려 나왔고, 결과는 1루 앞으로 가는 땅볼이었다.

아웃 카운트는 2개로 늘어났고, 그사이 2루 주자였던 해밀턴이 3루로 향했다.

한숨을 돌린 릴리는 이제 마지막 아웃 카운트를 잡기 위해 다시 로진백을 매만졌다.

'후우. 끝이 없군. 이런 타선을 상대로 호투한 녀석들이 새삼 존경스러워지는걸.'

타석에는 진한 눈썹과 턱수염으로 강렬한 인상을 풍기는 크루즈가 들어서 있었다.

크루즈는 지난 3차전에서 릴리에게 대량 실점을 선사한 홈런포를 쏘아 올렸던 타자이기도 했다.

'잡을 수 있을까?'

순간 망설임이 느껴지자 릴리는 투수판에서 발을 뗐다.

그러고는 로진백을 매만지며 주변을 둘러봤다.

그의 뒤에는 믿음직한 동료들이 글러브를 매만지며 릴리를 바라보고 있었다.

외야에도 민우를 필두로 좌우에 빈틈이 보이지 않았다.

'할 수 있다.'

뒤가 든든하다는 것을 확인하고 나자 한결 마음이 편해졌다.

릴리는 강속구를 펑펑 뿌리는 투수가 아니었기에, 오히려 뒤를 든든하게 지켜주는 동료들의 모습에 마음의 안정을 얻고 있었다.

곧, 릴리의 손에서 뿌려진 공에 크루즈의 배트가 돌아갔다.

따악!

하지만 그 둔탁한 소리만큼 힘을 제대로 싣지 못한 타구는 센터 필드로 힘없이 뻗어갔다.

민우는 제자리에 선 채, 글러브를 들어 올려 안정적으로 타구를 잡아내며 레인저스의 공격이 끝났음을 알렸다.

1회부터 2점을 뽑아내며 레인저스의 무거웠던 분위기가 조금은 풀어졌다.

태성이 빠진 1루의 구멍을 메우는 역할을 맡게 된 영이 다시 한 번 분위기를 끌어 올렸다.

"가자! 수비에서도 해리슨의 어깨를 가볍게 해주자고!"

"오우!"

"다 잡아주겠어!"

레인저스의 더그아웃에 다시 한 번 들려오는 기합 소리와 함께 레인저스 선수들이 우르르 몰려나왔다.

─레인저스에게 2점을 헌납한 다저스가 곧장 추격을 해낼 수 있을지! 1회 말, 다저스의 공격이 시작됩니다.

─오늘 레인저스의 선발투수로 나선 해리슨 선수는 지난 3차전에서 다저스에게 6이닝 동안 6실점을 내어주고도 승리투수가 되는 행운을 얻었었는데요.

─예. 이후 주춤했던 다저스 타선은 5차전 승리를 시작으로 홈으로 돌아온 6차전에서 8점을 뽑아내며 완전히 살아났습니다. 그리고 바로 지금, 홈에서 다시 해리슨 선수를 상대하게 됐습니다.

─해리슨 선수로서는 지난 선발경기에서 대량 실점을 했다는 압박감이 남아 있을 텐데요. 과연 부활한 다저스 타선을 상대로 제 실력을 제대로 보여줄 수 있을까요?

─초구! 엇! 고든 선수의 기습 번트 시도!

툭!

'어?'

기합이 잔뜩 들어간 야수들은 강습 타구나 자신의 방향으로 굴러오는 타구에 대비하고 있었다.

하지만 고든이 초구부터 예상치 못한 기습 번트를 대는 모습에는 한 박자 늦게 반응하고 말았다.

타닷!

결국 공을 주워 든 것은 야수들이 아닌 투수, 해리슨이었다.

급하게 마운드에서 달려 내려온 해리슨이 3루 파울라인 가까이 흐르는 공을 주워 들어 1루를 향해 뿌렸다.

슈욱!

하지만 다급한 상황에 힘이 잔뜩 들어간 송구는 1루수의 키를 그대로 넘어가고 말았다.

"젠장!"

그 모습에 해리슨이 자책의 욕설을 내뱉었다.

―아~ 1루 악송구! 뒤로 빠진 사이에 고든 선수는 2루까지! 슬라이딩! 세이프입니다!

―아무도 대비하고 있지 못한데다가 투수가 급하게 던진 나머지 악송구가 나오면서 1회부터 다저스에 득점 기회가 찾아왔습니다.

―이거 초반부터 제대로 흔들기에 들어가는 다저스입니다.

공이 뒤로 빠진 사이, 고든은 빠른 발을 이용해 선 채로 2루까지 들어가 있었다.

기습 번트 하나로 2루타나 마찬가지의 결과가 나오자 레인저스 선수들은 허탈감을 느꼈다.

4번 타자가 아닌 1번 타자였기에 기습 번트에도 대비하고 있었어야 했다.

하지만 넘치는 의욕이 순간적으로 야수들의 판단력을 흐리게 만든 것이었다.

"와아아아!"

"저런 녀석들이 어떻게 월드시리즈에 올라온 거야?"

"뭐, 우리야 좋지. 이대로 역전까지 가자!"

환호성 사이로 마치 들으라는 듯이 내뱉는 비웃음 섞인 목소리는 레인저스 선수들이 냉정을 찾지 못하게 만들고 있었다.

특히 악송구를 하고 만 해리슨의 미간은 쉬이 펴질 줄을 몰랐다.

'내 실책이야.'

아슬아슬한 타이밍이긴 했지만 제대로만 뿌렸다면 확률은 반반이었다.

하지만 자신의 악송구로 인해 살아도 1루였을 고든이 2루로 향했다.

고든의 빠른 발을 생각한다면 다음 타자인 이디어에게 짧은 안타라도 맞으면 홈으로 들어오는 것은 순식간이라는 생각이 들었다.

그리고 그런 생각이 해리슨을 위축시키고 있었다.

그런 위축된 마음이 번트보다 더 나쁜 결과를 불러왔다.

슈우욱!

따악!

해리슨의 바깥에서 안으로 휘어지는 투심을 이디어가 손목 힘만으로 가볍게 받아쳤다.

그리고 결대로 밀어 친 타구는 그대로 좌측 파울라인을 따라 빠르게 굴러가며 2루타 코스를 그렸다.

그 타구에 고든은 가볍게 3루를 지나 홈을 밟으며 두 손을 마주치며 세레머니를 보였다.

다저스의 추격을 알리는 첫 번째 득점을 알리는 모습이었다.

그사이, 좌익수가 펜스 가까이 굴러간 공을 주워 들어 급히 2루로 뿌렸지만, 이디어는 선채로 2루에 들어가며 주먹을 쥐어 보이고 있었다.

팬들은 고든의 득점에 이어, 이디어가 2루까지 향하는 모습에 다시 한 번 환호성을 내질렀다.

"와아아아아!"

"나이스 2루타!"

"한 점 더 가자!"

─아~ 해리슨 선수. 번트 수비 이후 투구 매커니즘이 흔들리는 모습인데요. 아웃 카운트를 하나도 잡지 못하고 있습니다.

─초반이긴 하지만 오히려 이럴 때가 중요하거든요. 포수가 다저스 타선의 흐름을 끊고 투수를 안정시켜 줄 필요가 있겠습니다.

마치 해설자의 말을 들은 것처럼 레인저스의 포수, 나폴리가 타임을 요청하고는 마운드로 오르며 다저스 타선의 흐름을 끊었다.

그리고 이 선택이 주효했다는 듯, 잠시 휴식 시간을 가진 레인저스의 선수들은 다시금 안정을 되찾았다.

따악!

해리슨의 커터에 로니의 배트가 비명을 지르며 부서져 버렸고, 얕게 바운드된 타구는 그대로 유격수 방면으로 향했다.

타구와 부러진 배트가 같이 쏘아져 날아오는 모습에도 앤드루스는 타구를 안정적으로 포구한 뒤, 이디어를 눈으로 견제했다.

이후 1루를 향해 매섭게 송구를 뿌리며 첫 번째 아웃 카운트를 만들었다.

그 모습에 민우가 대기 타석을 벗어나며 고개를 끄덕였다.

'괜히 월드시리즈 진출 팀은 아니라 이거겠지.'

해리슨의 공은 언제 그랬냐는 듯 다시금 매서워진 모습이었고, 야수들도 안정적인 모습을 되찾고 있었다.

하지만 민우에게 그리 좋은 상황만은 아니라는 생각이 들었다.

1아웃 주자 2루 상황.

민우는 자신을 상대하는 팀들이 익히 사용했던 작전을 다시금 경험할 수밖에 없었다.

슈우욱!

팡!

"베이스 온 볼스!"

완전히 빠져 앉지는 않았지만, 스트라이크존을 대놓고 크게 벗어나는 해리슨의 공에 민우는 말없이 1루로 걸어 나갔다.

―아~ 레인저스가 강민우라는 부담스러운 상대를 피하는군요. 비어 있는 1루를 채우고 병살타를 노리겠다는 것으로 보입니다.

띠링!

[출루에 성공하여 '존재감' 특성의 효과가 발동됩니다.]

[상대 투수의 모든 능력치가 일시적으로 3% 하락합니다.]

민우는 특성의 효과가 발동된 것을 확인하며 보호 장구를 코치에게 건넸다.

그러고는 리드 폭을 적당히 벌리며 켐프를 바라봤다.

'켐프. 네가 살아야 내가 살고, 팀이 살 수 있다.'

사실, 레인저스의 이 작전은 굉장히 위험한 작전이었다.

민우가 엄청난 기록을 세우며 다른 선수들의 기록이 평가 절하되는 경향이 있었지만, 사실 켐프의 기록도 굉장한 것은 마찬가지였다.

단순히 수치상으로만 따지면 비어 있는 1루를 채우고 켐프를 상대하는 것이 맞았지만, 켐프가 작전대로 쉽게 당해줄 타자는 아니었기 때문이다.

'하지만 나보다는 켐프를 상대하는 게 낫다 이거지.'

어느 팀이라도 레인저스와 같은 상황에서는 이런 선택을 하는 것이 옳다고 판단할 것이다.

'존재감' 특성이 적게나마 켐프에게 도움을 줄 것이니 그 결과가 좋게 나오길 바랄 뿐이었다.

만약 켐프가 오늘 경기에서 터져준다면 오늘 경기의 결과는 어떻게 달라질지 모르는 일이었다.

'또 이런 상황이군. 도대체 날 얼마나 무시하는 거야?'

켐프는 시즌 내내 이런 상황을 수도 없이 겪었었다.

그 역시 이런 상황을 이해하면서도 한편으론 자존심에 금이 가는 것은 어쩔 수 없었다.

한 방을 날린 적도 많았지만, 그 작전대로 허무하게 물러난 적도 많았다.

하지만 오늘만큼은 레인저스의 작전대로 쉽게 물러날 생각은 없었다.

홈런도 좋지만, 지금 상황에서는 외야를 꿰뚫는 안타도 나쁘지 않았다.

그런 생각과 함께 켐프는 배트를 잡은 손의 위치를 옮겼다.

그리고 그런 켐프의 변화를 포수인 나폴리가 곧장 알아챘다.

'짧게 잡았어? 큰 걸 칠 생각이 없는 건가?'

완전히 바꾼 것은 아니었지만, 그의 작은 움직임은 켐프가 여기서 쉽게 당하지 않을 것이라는 의지의 표현이기도 했다.

그리고 그런 켐프의 변화가 나폴리의 볼 배합에 영향을 주었다.

슈우욱!

팡!

"볼!"

초구는 스트라이크존 아래로 떨어지는 커브볼이었다.

이어 2구는 바깥쪽 낮은 코스를 통과하는 스트라이크, 3구
는 바깥쪽으로 살짝 휘어지는 투심 패스트볼로 볼 판정을 받
았다.

하지만 배트를 짧게 잡은 만큼, 켐프는 더욱 신중하게 공을
지켜보고 있었다.

쉬이 끌려나오지 않는 켐프의 배트에 나폴리가 다음 공을
요구했다.

'몸 쪽 구석으로 커터. 쳐도 좋은 타구는 나오지 않을 거야.'

그 선택에 해리슨이 가볍게 고개를 끄덕이고는 와인드업과
함께 강하게 공을 뿌렸다.

슈우욱!

완벽하게 긁힌 공이 정확히 미트가 들린 방향으로 날아가
기 시작했다.

하지만 켐프는 마치 그 공을 기다렸다는 듯, 팔꿈치를 몸에
바짝 붙인 채로 배트를 강하게 휘둘렀다.

따아아악!

'헉!'

심상치 않은 스윙에 불안함을 느낄 새도 없이, 큼지막한 타
격음과 함께 좌측 파울라인을 타고 날아가는 타구에 나폴리
의 얼굴이 일그러졌다.

'제발! 휘어져 나가 버려!'

하지만 그런 나폴리의 바람이 무색하게 켐프의 타구가 폴대를 정확히 때리고 그라운드로 되돌아왔다.

─이 타구! 폴대에 맞고 되돌아옵니다! 경기를 곧장 뒤집는 켐프 선수의 스리런 홈런!
─이야~ 몸 쪽으로 날카롭게 파고드는 공이었는데 정말 잘 쳤어요!

완벽한 공을 뿌렸다고 생각했던 해리슨이었기에 더욱 허탈함을 느끼고 있었다.
이디어와 민우에 이어 켐프가 홈 플레이트를 밟고 나란히 세레머니를 하는 모습에 연이어 들려오는 환호성이 해리슨의 머리를 어지럽게 하고 있었다.
다행이 유리베와 바라하스의 타구가 모두 워닝 트랙에서 잡히며 추가 실점을 내어주지는 않았지만, 작전이 실패로 돌아감과 동시에 최악의 결과를 만들어낸 것에 레인저스의 벤치는 무거운 침묵에 휩싸여 있었다.

폭발했던 1회와 달리 2회부터는 소득 없는 투수전이 진행되기 시작했다.
양 팀 선발 모두 1회에 언제 흔들렸냐는 듯, 4회까지 단 한 개의 안타도 허용하지 않으며 무실점 행진을 이어갔다.

3회 초, 릴리가 볼넷 하나를 내어준 것을 제외하고는 심심하게 흘러가던 경기는 4회에 들어서야 다시금 살아나는 기색을 보이려 했다.

따악!

4회 초, 1아웃 상황에서 터진 크루즈의 안타에 레인저스 타선이 다시금 살아나는 듯 했다.

하지만 뒤이어 터진 나폴리의 유격수 땅볼에 6—4—3 병살이 만들어지며 그 기회는 허무하게 날아갔다.

4회 말, 다저스도 지지 않겠다는 듯, 5번 켐프와 6번 유리베의 연속 안타가 터져 나오며 기회를 잡는 듯했다.

하지만 7번 바라하스의 삼진에 이어 8번 캐롤이 결정적인 병살타를 때려내며 달아날 기회를 놓치고 말았다.

그렇게 변함없이 이어지던 4 대 2의 스코어를 먼저 깨뜨린 것은 레인저스였다.

6회 초.

따악!

앤드루스의 배트에서 쏘아진 타구가 센터 필드로 향했다.

하지만 다저스의 센터필드는 호락호락하지 않았다.

'어딜!'

팍!

좌아아악!

우중간을 가르며 2루타가 될 법한 타구는 그라운드에 내려앉기 직전, 몸을 날린 민우의 글러브에 잡히고 말았다.

—언빌리버블! 와~ 이 타구를 잡아내네요. 2루타가 될 수 있었던 타구를 그대로 걷어내면서 레인저스의 추격을 쉽게 허용하지 않는 강민우 선수입니다.

—릴리 선수의 어깨가 다시 한 번 가벼워지겠네요.

—타석에는 이제 3번 타자, 해밀턴 선수가 들어섭니다.

—앞선 두 타석에서는 각각 2루타와 볼넷을 얻어내며 두 번 모두 출루에 성공했었는데요.

따악!

해설자의 말이 떨어지기 무섭게 해밀턴은 초구부터 배트를 휘둘렀다.

유격수 고든의 키를 살짝 넘긴 타구가 그대로 켐프의 앞으로 굴러가며 안타가 만들어졌다.

—초구부터 거침없는 스윙으로 오늘 경기 100% 출루에 성공하는 해밀턴 선수입니다.

─정말 대단하네요. 그리고 타석에는 팀의 두 번째 타점을 책임졌던 영 선수입니다.

─앞선 타석에서는 펜스 바로 앞에서 잡히는 중견수 플라이로 아쉽게 돌아섰었는데요. 오늘 타격감은 꽤 괜찮아 보입니다.

무언가를 알고 있기라도 한 것처럼 영의 배트 역시 해밀턴과 마찬가지로 초구부터 거침없이 돌아갔다.

따아악!

좌측으로 크게 떠오른 타구에 켐프가 급히 펜스를 향해 달려갔다.

하지만 민우는 제자리에 선 채, 타구의 궤적을 알리는 라인이 펜스를 완전히 넘어간 것을 바라보고 있었다.

'이건 타격이 큰데.'

그리고 그 예상대로 영의 타구는 펜스를 넘어가며 홈런이 되었다.

─좌측 펜스! 완벽하게 넘어갑니다! 경기를 원점으로 돌리는 영 선수의 투런 홈런!

─아~ 이 점수는 굉장히 뼈아픈데요. 오늘 레인저스의 중심 타선에 고전하는 모습을 보이는 다저스 배터리입니다. 볼

배합을 계속해서 읽히는 모습이에요.

'초구 스트라이크를 잡고 들어가는 걸 노리고 있어.'

두 타자가 모두 초구를 때려 좋은 결과를 만들어내는 모습에 바라하스는 곧장 볼 배합에 변화를 가져갔다.

그리고 후속 두 타자를 모두 중견수 플라이로 돌려세우며 이닝을 마무리 지었다.

하지만 점수는 어느새 4 대 4. 동점이 되어 있었다.

쫓고 쫓기는 경기는 선수들에게 익숙했다.

하지만 월드시리즈 우승이 걸린 7차전이라는 상황에 경기가 말미로 다가갈수록 선수들은 정신적으로 압박감을 조금씩 느끼고 있었다.

이런 상황에서 필요한 것은 역시 점수를 내는 것뿐이었다.

6회 말, 선두 타자로 나서는 이는 바로 민우였다.

타석에 들어서기 전, 민우는 무력시위를 하듯 배트를 크게 휘두르며 의지를 불태웠다.

하지만 민우는 앞선 두 타석에서 고의 사구나 마찬가지인 볼넷 하나로 출루한 것을 빼면 중견수 플라이로 물러난 것이 전부였다.

월드시리즈의 우승이 걸린 만큼 상대 역시 민우에게 좋은 공을 주지 않는다는 뜻이기도 했다.

'이번 타석에서는 혹시 좋은 공을 주지 않을까.'

민우는 일말의 희망을 가진 채 타석에 들어섰다.

포수 마스크를 쓴 채, 그 모습을 지켜보던 나폴리가 빠르게 머리를 굴렸다.

'미안하지만 이번에도 걸어서 나가줘야겠다.'

해리슨의 주무기이자 가장 자신 있어 하는 공은 90마일 후반에 육박하는 포심 패스트볼이었다.

올 시즌 들어 투심 패스트볼의 비율을 상당히 끌어 올리긴 했지만 결국 패스트볼을 가장 잘 던진다는 것엔 변함이 없었다.

하지만 패스트볼에 특히나 강점을 가진 민우에게 궤적의 변화가 쉽게 읽히는 패스트볼을 던지는 것은 너무나도 위험했다.

패스트볼뿐만이 아니었다.

민우를 상대로 스트라이크존에 들어오는 공은 그 자체로도 너무나도 위험했다.

여기에 득점권에서는 라인에 걸치는 공도 종종 편안하게 때려내며 상대 투수들을 질리게 만드는 민우였다.

더군다나 오늘의 경기는 월드시리즈 우승이 걸린 7차전 경기였기에 민우에게 좋은 공을 줄 생각은 더더욱 없었다.

'민우를 상대하는 것보다 켐프가 수월하니까. 아니, 수월했었다고 해야 하나.'

하지만 오늘 경기에서는 약간의 변수가 생기고 말았다.

'켐프가 터져 버릴 줄이야.'

오늘 경기에서 켐프는 신들린 타격으로 민우의 뒤를 단단히 받쳐주고 있었다.

1회 말, 위기 상황에 비어 있는 1루를 채우기 위해 민우를 거르자 켐프가 홈런으로 응수했다.

두 번째 타석에서도 민우는 중견수 플라이로 물러났지만 켐프는 깨끗한 안타를 터뜨렸다.

'만약 코스가 좋았다면 2루타가 됐을지도 모를 정도로 좋은 타구였어. 오늘은 민우보다 켐프의 날일지도 모른다.'

만약 이번 이닝에서 켐프의 배트가 또 불을 뿜는다면 민우를 계속해서 거르는 작전에 수정이 필요할 지도 몰랐다.

켐프의 배트가 불을 뿜는데 민우를 내보내는 것은 득점을 쌓는데 도움을 주는 것이나 마찬가지였다.

나폴리는 골이 아프다는 듯, 미간을 찌푸렸다.

힐긋 더그아웃을 바라봤지만 감독이나 배터리 코치는 무표정한 얼굴로 그라운드를 바라보고 있을 뿐이었다.

'마음 같아서는 정면 승부를 걸고 싶지만… 지금은 정규 시

즌이 아니다. 냉정하게 생각하자. 판단은 내가 아니라 결국 감독님이 하는 거니까.'

고민을 마친 나폴리가 빠르게 사인을 보내고는 주먹으로 미트를 두드렸다.

픽!

슈우욱!

팡!

나폴리는 스트라이크존 바깥으로 흘러나가는 공을 잡아 존 안쪽으로 끌어당겼다.

하지만 주심은 손을 움찔하지조차 않은 채, 그런 나폴리의 뒤통수를 잠시 뚫어져라 바라봤다.

민우가 그 프레이밍에 주심을 바라보자 주심은 손으로 1루를 가리켰다.

그 모습에 민우는 조용히 몸을 돌려 1루로 천천히 달려 나갔다.

―아~ 볼넷입니다. 프레이밍이 두 번은 먹혀들지 않았네요.

―사실 이번 프레이밍은 너무 대놓고 보이긴 했거든요. 주심이 기분 나빠 할지도 모르겠는데요?

첫 타석에 이어 오늘 경기 두 번째 볼넷을 얻게 된 민우는 보호 장구를 풀어 1루 코치에게 전달하며 나직이 한숨을 내쉬었다.

'마지막 경기인데… 이렇게 허무하게 걸어가야 하다니.'

민우가 만만해 보인다면 승부를 들어오겠지만, 그가 세운 기록은 상대를 주눅 들게 만들고, 승부를 피하게 만들고 있었다.

'이거 다음 시즌부터는 조금 살살해야 되는 건가?'

아쉬움에 말도 안 되는 생각을 잠시 떠올린 민우가 피식 웃고는 고개를 저었다.

'배트로 안 되면 발로라도 만들어야지?'

민우가 자신 있는 것은 타격뿐이 아니었다.

타석에 들어선 켐프가 배트를 매만지는 모습에 민우가 천천히 리드 폭을 벌려갔다.

그리고 해리슨이 마운드 옆에 놓인 로진백을 줍기 위해 몸을 숙이는 것에 고민 없이 스타트를 끊었다.

─오늘 켐프 선수는 타격감이 굉장히… 어어! 2루 갑니다! 2루에서!

허리를 숙여 로진백을 주위 들고 마운드로 올라오던 해리슨은 사방에서 들려오는 목소리에 순간적으로 상황 판단을 하지 못했다.

"2루!"

하지만 포수인 나폴리가 2루를 가리키며 소리를 지르는 모습에 급히 몸을 돌렸고, 2루 커버를 들어가는 유격수에게 공을 던졌다.

타이밍 상으로는 아웃에 가까운 모습이었다.

하지만 여기서 실수가 나오고 말았다.

—아! 악송구가 나오면서 공이 뒤로 빠집니다!

—2루수의 백업이 늦으면서 강민우 선수는 곧장 3루로!

쑤악!

흙먼지를 뚫고 2루 베이스를 터치한 민우는, 가죽이 울리는 소리 대신, 머리 위로 무언가 빠르게 지나가는 소리에 고민 없이 3루를 향해 다시 한 번 스타트를 끊었다.

타다다닷!

—아아! 중견수! 뒤늦게 달려와 공을 주워서 그대로 3루로!

민우는 순식간에 스쳐 지나가는 풍경과 함께 눈앞으로 빠르게 다가오는 3루 베이스를 향해 거침없이 몸을 날렸다.

촤아아악!

팡!

충격으로 헬멧이 출렁이며 시야를 가렸다.

곧, 왼손을 베이스에 댄 채 오른손으로 헬멧을 들어 올린 민우를 향해 3루심이 양팔을 벌려 보였다.

"세이프!"

주심의 양팔이 벌어지며 세이프 판정이 내려지자 다저스타디움이 흥분으로 물들었다.

"와아아아아아!!"

"대박!"

"역시 민우다!"

"슈퍼 소닉!"

민우는 그 환호에 보답하듯, 앞섶을 털며 팬들을 향해 환한 미소를 날렸다.

그 누구도 예상치 못한, 타이밍을 완전히 빼앗는 기습 도루 시도에 실책까지 터져 나오며 3루까지 훔치는 데 성공한 민우였다.

그 모습에 해리슨은 황당함을 넘어 얼이 빠진 듯한 미소를 지은 채 민우를 바라보고 있었다.

'하… 될 놈은 뭘 어떻게 해도 되는 건가……'

그리고 그 흔들림은 투구에도 악영향을 미쳤다.

순간적으로 근육이 놀란 나머지 투구 메커니즘이 흔들린 것이다.

슈우욱!

초구로 뿌린 포심 패스트볼이 포수가 미트를 들고 있는 위치와는 전혀 다른 곳으로 들어갔고, 그 모습에 켐프는 고민 없이 배트를 내돌렸다.

따악!

경쾌한 타격음과 함께 날카롭게 쏘아진 타구가 다저스타디움의 우중간을 완벽하게 가르며 굴러갔다.

─초구! 쳤습니다! 2루타 코스! 3루에 있던 강민우 선수는 가볍게 홈을 밟습니다. 켐프 선수는 2루까지! 레인저스의 추격에 곧장 한 점을 다시 달아나는 LA다저스! 스코어 5 대 4!

─켐프 선수는 홈런, 단타, 그리고 2루타를 기록하면서 사이클링히트에 3루타 하나만을 남겨두게 되었습니다.

─월드시리즈에서 사이클링 히트를 눈앞에 두다니요. 하하. 켐프 선수가 오늘 경기에서 맹타를 휘두르면서 민우를 거르고 자신을 선택한 레인저스에게 마치 경고를 하는 모습처럼 보입니다.

해리슨은 두 번은 당하지 않겠다는 듯, 로진백을 주워 들며 의식적으로 2루를 노려봤다.

하지만 켐프는 뛸 생각이 없다는 듯, 베이스에 발을 댄 채 해리슨을 바라보고 있을 뿐이었다.

'하필이면 오늘 저렇게 터져 버릴 줄이야.'

레인저스의 감독, 워싱턴의 미간에 가볍게 골에 생겼다.

켐프 역시 뛰어난 타자였지만, 민우에 비하면 그 존재감이 훨씬 떨어진다고 할 수 있었다.

하지만 오늘 경기만큼은 민우를 견제하는 것이 의미가 없을 만큼 뛰어난 활약을 보이고 있었다.

오히려 민우는 단 한 번 정면 승부를 해주었던 3회 말 2아웃 상황에서 중견수 플라이로 돌아서며 안타를 기록하지 못하고 있었다.

'민우를 피해 켐프를 상대한 결과가 홈런과 2루타로 더 좋지 않았다. 오늘은 이 작전을 파기해야 하는 건가.'

민우를 거르고 켐프까지 거른 뒤에 유리베를 상대하는 방법도 있었다.

하지만 이런 방법은 부담이 너무 큰 도박이었다.

워싱턴 감독이 열심히 머리를 굴리는 사이, 해리슨이 후속 타자를 모두 범타로 돌려세우며 추가 실점 없이 이닝을 마무리 지었다.

7회 초, 릴리가 마운드를 내려가고 린드블럼이 마운드를 이어받았다.

린드블럼은 정규시즌 30이닝 동안 2.73의 방어율을 기록하며 피홈런을 하나도 내어주지 않는 호투를 보이며 불펜에 자리를 잡은 상태였다.

하지만 오늘은 등판과 함께 시작부터 한 방을 먹고 말았다.

따아악!

포수인 나폴리가 기다렸다는 듯, 린드블럼의 포심 패스트볼을 그대로 당겨 쳐 좌측 담장을 넘겨 버렸다.

타구가 넘어가는 모습을 끝까지 바라본 나폴리가 뒤늦게 다이아몬드를 돌기 시작했다.

'절대로 지지 않는다!'

─나폴리 선수의 기습적인 솔로 홈런! 스코어는 5 대 5! 승부는 다시 원점으로 돌아갑니다. 바뀐 투수의 초구를 노리라는 격언이 그대로 맞아떨어졌습니다.

─월드시리즈 7차전이라서 그런 걸까요? 선수 한 명, 한 명

이 정말 최선을 다하는 모습입니다.

―아~ 정말 흥미진진하네요. 오늘 경기는 정말 모르겠어요.

엎치락뒤치락하는 경기에 다저스타디움을 찾은 다저스 팬들의 표정도 가지각색의 모습을 보이고 있었다.

이런 점은 멀리 텍사스에서 중계방송을 지켜보는 레인저스의 팬들도 다르지 않았다.

원정 응원을 가지 못한 한을 풀 듯, 펍에는 수많은 사람이 모여 있었다.

그들은 마치 원래 알고 있던 사이처럼 나폴리의 홈런이 터지는 순간, 서로를 부둥켜안고 키스를 하며 기쁨을 나누었다.

그리고 팬들의 마음은 경기가 후반을 향해 달려갈수록 더욱 조마조마해져 갔다.

이후 경기는 잠시 소강상태를 보이며 흘러가기 시작했고, 5 대 5의 균형을 이룬 채 8회 말에 접어들었다.

―다저스타디움에서 보내드리고 있는 월드시리즈 7차전 경기도 어느덧 막바지를 향해 달려가고 있습니다.

―올리버의 뒤를 이어 레인저스는 세 번째 투수로 오간도 선수를 마운드에 올렸습니다.

―이 경기를 꼭 잡겠다는 의지를 보이는 것이죠.

―다저스의 공격은 3번 로니 선수부터 시작되겠습니다.

―오늘 경기에서는 삼진 하나 포함 3타수 무안타를 기록하고 있는 로니 선수인데요. 과연 마지막이 될지도 모를 타석에서는 안타를 때려낼 수 있을지. 초구는 스트라이크입니다.

레인저스는 불펜이 평균을 밑도는 수준의 팀이었다.

선발진에 합류해 13승을 기록했던 오간도를 포스트 시즌 돌입과 함께 다시금 불펜의 주력으로 가동하고 있는 것도 그 때문이었다.

몸 쪽 낮은 코스에 걸치는 꽉 찬 스트라이크를 그대로 흘려보낸 로니가 살짝 아쉬운 표정을 지어 보였다.

하지만 이내 두 눈을 빛내며 마음을 다잡았다.

'어차피 건드려도 좋은 타구는 나오지 않았을 거야. 집중하자.'

로니는 자신이 출루에만 성공한다면 민우와 켐프가 점수를 만들어주리라는 믿음이 있었다.

그리고 그 믿음이 로니의 욕심을 버리게 만들었고, 간결하고 깔끔한 스윙을 만들어냈다.

슈우욱!

따악!

오간도의 손에서 뿌려진 공에 로니의 배트가 가볍게 돌아
갔다.

바깥쪽으로 파고드는 백 도어 슬라이더를 결대로 밀어 쳐
그대로 3루수의 키를 넘겨 버렸다.

로니는 타구가 파울라인 바깥을 타고 펜스까지 굴러가는
모습에 곧장 2루까지 내달렸다.

촤아악!

"세이프!"

아슬아슬하게 세이프가 되며 2루타가 만들어지자 로니가
두 손을 맞부딪히며 기쁨을 표했다.

노아웃 주자 2루 상황.

타석에는 민우가 들어서고 있었다.

1루가 비어 있지만 아웃 카운트는 하나도 채워지지 않은 상
황에 후속 타자는 타격감이 절정을 보이는 켐프였다.

"거르지 말라고 지시하게."

워싱턴 감독은 빠르게 결론을 내리고는 배터리 코치에게
지시를 내렸고 그 지시는 빠르게 나폴리에게까지 전달됐다.

'민우와 승부를 하라고?'

나폴리는 자신이 생각했던 것이 현실이 되자 잠시 어리둥절
해했지만 이내 고개를 끄덕였다.

'피하기만 해서는 답이 없다는 거지. 좋아. 이 타석에서 민

우를 잡는다.'

오간도의 주력 구종은 최고 100마일의 포심 패스트볼과 88마일을 육박하는 슬라이더였다.

선발로 나왔을 때에는 완급 조절이 필요했지만 불펜으로 나선 이상, 전력투구에 아무런 문제가 없었다.

'오간도. 네가 보여줄 수 있는 최고의 공을 보여 달라고.'

민우는 자신이 타석에 들어서자 레인저스의 코치가 바쁘게 움직이는 모습을 보고는 혹시나 하는 마음을 가졌다.

그리고 초구부터 100마일짜리 패스트볼이 바깥쪽 낮은 코스를 찔러 들어오는 것에 미소를 지었다.

'정면 승부를 하겠다 이거군. 이거 켐프의 맹타가 도움이 된 건가.'

끝까지 제대로 타격할 기회가 없었다면 너무나도 아쉬운 마무리가 되었을 것이다.

하지만 오늘 경기에서 켐프의 존재감은 그 어느 때보다 컸고, 그것이 워싱턴 감독의 마음을 바꾼 것 같았다.

'어렵게 얻은 기회, 놓쳐선 안 되겠지.'

"드디어 승부를 해주는 거야?"

민우가 가볍게 말을 뺄자 나폴리가 피식 웃어 보였다.

"뭐, 오늘은 켐프가 너무 무섭거든. 차라리 널 상대하는 게 나을 것 같아서."

나폴리의 말은 명백한 도발이었다.

그 말에 민우가 표정을 굳히며 발끈하는 모습을 보였다.

"허! 두고 보라고. 후회하게 될 테니까."

그 말과 함께 민우는 고개를 돌렸다.

하지만 그런 겉모습과는 달리 속으로는 냉정을 잃지 않고 있었다.

'먹혀들었으면 좋겠는데.'

그리고 상황은 민우의 생각대로 돌아가기 시작했다.

나폴리는 그런 민우의 모습에 옅게 웃어 보였다.

'아무리 최고의 타자라도 팀을 우승으로 이끌어야 할 상황에선 쉽게 흥분한다, 이건가?'

흥분한 타자는 힘이 들어가게 마련이었고, 힘이 들어간 스윙은 정확도나 스피드가 모두 떨어질 수밖에 없었다.

'유인구를 던지는 것도 좋지만, 오히려 100마일짜리 공으로 윽박지르는 게 더 위력적일거야.'

1스트라이크를 잡아놓은 상황에서 2스트라이크로 몰아넣는다면 완전히 흔들리리라는 게 나폴리의 생각이었다.

나폴리의 사인에 오간도도 고개를 끄덕였다.

곧 2루를 바라보던 오간도가 와인드업과 함께 강하게 공을 뿌렸다.

슈우우욱!

민우는 일직선으로 쏘아져 날아오는 그 공에 회심의 미소를 지었다.

'걸렸어.'

따아아악!

나폴리는 민우의 스윙이 부드럽게 돌아 나오는 것에 아차 싶었지만 이미 되돌릴 수 없는 결과가 되어 있었다.

힘을 실은 채, 쭉 뻗어 올라가던 타구는 관중석 뒤쪽에 자리한 전광판을 때리고 관중석 사이로 떨어져 내렸다.

—강하게 당겨 친 타구! 우측 펜스! 그대로 넘어~ 갑니다!! 전광판을 강타하는 초대형 홈런이 터져 나옵니다! 스코어 7 대 5!

—아~ 이거 큽니다! 8회 말에 이 홈런은 레인저스에게 너무나 타격이 커요!

'이거 제대로 한 방 먹었군.'

레인저스의 감독은 다이아몬드를 돌아 선수들과 부둥켜안고 환호성을 내지르는 민우의 모습에 가볍게 한숨을 내쉬었다.

이후 켐프가 중견수 플라이로 돌아서는 모습에서는 더더욱 아쉬움을 느낄 수밖에 없었다.

9회 초, 마운드를 이어받은 귀홍치가 크루즈와 나폴리를 연속 범타로 돌려세우며 경기는 그렇게 끝이 날 듯 보였다.

하지만 머피에게 내어준 볼넷이 분위기를 가볍게 흔들어놨다.

—아~ 볼넷. 볼넷입니다. 아웃 카운트 하나를 남겨둔 채 출루를 허용하는 귀홍치!

—야수들이 잔뜩 긴장한 모습이네요. 홈런 한 방이면 동점 이거든요?

마지막 타자라는 생각에 잔뜩 긴장하고 있던 선수들은 대 타로 들어선 토레알바가 곧장 안타를 때려내자 맥이 탁 풀리 고 말았다.

2아웃 주자 1, 3루 상황.

타석에는 홈런 치는 2루수, 킨슬러가 들어서 있었다.

다저스의 선수들은 자칫 잘못하면 역전을 당할지도 모른다 는 생각에 잔뜩 긴장한 상태였다.

귀홍치의 투구가 진행될 때마다 허리를 숙였다 폈다 하기 를 반복하며 긴장의 끈을 놓지 않고 있던 순간.

따아악!

카운트를 잡으러 들어가는 귀홍치의 패스트볼에 킨슬러의 배트가 귀신같이 돌아가며 거친 타격음을 내뱉었다.

─아!! 큽니다! 센터 필드! 우중간 방면으로 향하는 타구! 강민우 선수가 쫓아갑니다!

타다다닷!

총알같이 쏘아진 타구에 민우가 '대도' 스킬을 발동했지만, 그럼에도 타구는 민우보다 한 박자 빠르게 펜스를 향해 날아가고 있었다.

이미 2아웃 상황이었기에 주자들은 모두 베이스를 돌아 홈으로 달려가며 타구를 바라보고 있었다.

타구의 궤적을 알려주는 라인은 펜스 아랫부분에 꽂혀 있었다.

무리해서 잡으려다간 부상을 당하거나, 타구를 놓쳐 타자 주자까지 홈으로 들여보낼 수도 있었다.

하지만 민우는 속도를 전혀 줄이지 않은 채, 그대로 펜스를 향해 돌진했다.

'기필코 잡아낸다!'

곧, 펜스에 거의 다다른 타구를 향해 민우가 그대로 몸을 날렸다.

쿵!

강렬한 충격이 전해지는 느낌에 민우가 미간을 와락 찌푸렸다.

하지만 곧 글러브를 잡은 손끝에 느껴지는 무언가에 가볍게 미소를 지어 보였다.

"잡았어?"

"잡은 거야?"

"다친 거 아니야?"

"아… 어떡해."

민우가 펜스에 부딪힌 채 바닥으로 나뒹구는 모습에 팬들이 조마조마해하는 그때.

몸을 뒤집은 민우가 글러브를 쥔 손을 들어 보였다.

그리고 그 글러브가 묵직하게 부풀어 있는 모습이 의미하는 바는 단 하나였다.

곧, 민우가 몸을 일으키고는 양손을 들어 보이며 내야를 향해 달려가기 시작했고, 다저스타디움을 가득 메운 팬들이 일제히 환호성을 내질렀다.

"잡았다아아아!!"

"우승이다!!!"

"우리가 월드시리즈 우승이야!!"

"2년 연속 우승이다!!"

"끝났어!!"

그 극적인 슈퍼 캐치에 레인저스의 선수들도 고개를 푹 숙일 수밖에 없었다.

다저스의 선수들은 레인저스의 홈에서 그랬던 것처럼 우승이 확정된 것에 환호성을 내지르며 더그아웃을 뛰쳐나갔다.

시리즈 스코어 4승 3패.

LA다저스의 2년 연속 월드시리즈 우승이 달성되는 순간이었다.

제6장

꿈은 이루어진다

월드시리즈 MVP는 이견 없이 민우의 차지가 되었다.

민우가 얻은 것은 이것뿐만이 아니었다.

퍼거슨이 민우의 스플릿 계약을 따내며 요구했고, 콜레티가 서비스를 준다는 마인드로 수락했던 옵션들이 있었다.

—올스타 선정: 50만 달러.

—타격왕: 50만 달러.

—타점왕: 50만 달러.

—홈런왕: 100만 달러.

―실버슬러거: 100만 달러.

―골드글러브: 100만 달러.

―신인왕: 50만 달러.

―리그 MVP: 100만 달러.

총액 600만 달러(한화 약 69억 원).

민우는 웬만한 메이저리그 수준급 선수가 받을 수 있는 연봉을 단 한 시즌 만에, 그것도 옵션만으로 벌어들이며 자신의 존재 가치를 증명해 냈다.

'허허… 설마 하고 내걸었던 옵션을 하나도 빠짐없이 달성할 줄이야……'

콜레티는 자신이 퍼거슨에게 내주었던 옵션이 부메랑으로 돌아오자 힘이 빠진 듯한 웃음을 짓고 있었다.

하지만 그 웃음은 민우에게 옵션으로 내어줘야 하는 금액에 대한 아까움의 의미가 아니었다.

오히려 이런 역대급의 선수를 다른 팀이 아닌 다저스가 알아보고 데려왔다는 것에 대한 안도의 웃음이었다.

콜레티는 곧, 민우가 이번 시즌에 달성했던 기록들을 하나하나 살피며 민우의 특징에 대해 정리하기 시작했다.

'정교한 타격과 함께 결정적인 한 방으로 팀을 구해내는 4번

타자.'

'탁월한 반응 속도와 미친 듯한 스피드로 누상에서 상대의 허를 찌르는 대도(大盜).'

'좌우를 아우르는 것을 넘어 펜스 너머까지 넘보는 넓은 수비 범위를 가진 센터 필드의 수호자.'

다저스 타선의 향후 10년을 책임질 팀의 중심이 될 선수로서 어느 한 부분에서도 모자람이 없는 모습이었다.

정규 시즌뿐 아니라 포스트 시즌이라는 큰 무대에서도 변함없이 강력한 모습을 보이며 방점을 찍었다.

민우는 두 번의 월드시리즈 우승을 일궈내며 다저스에서는 없어서는 안 되는 거대한 존재가 되어 있었다.

콜레티는 자신의 눈으로 보고도 믿기지 않는다는 표정을 지으며 곧 결심에 찬 표정을 지었다.

'틀림없다. 얼마를 주든 꼭 잡아야 해.'

다저스의 단장, 콜레티는 지난 포스트 시즌부터 머릿속에 넣어둔 채, 끊임없이 고민하던 것들이 틀리지 않았음을 확인하고는 곧장 구단주와의 면담에 들어갔다.

＊　　　＊　　　＊

다저스의 모든 이들은 월드시리즈가 끝난 뒤, 카퍼레이드를 하며 팬들과 다시 한 번 기쁨을 나눴다.

그렇게 모든 일정이 끝이 난 뒤, 선수들은 다음 시즌을 기약하며 하나둘 고향으로, 고국으로 발길을 옮겼다.

하지만 민우는 할 일이 남아 있다는 듯, 조용히 발걸음을 다른 곳으로 옮겼다.

사무실을 나서던 퍼거슨은 자신의 차 앞에 익숙한 인영이 서 있는 것을 발견하고는 그 걸음이 조금 빨라졌다.

곧, 퍼거슨의 구두 소리에 민우가 고개를 들더니 가볍게 미소를 지었다.

민우의 미소에 퍼거슨도 연하게 웃음을 지으며 입을 열었다.

"일정은 다 끝난 거예요?"

"예. 어휴, 지난해보다 올해가 더 바빴던 거 같아요. 다른 걸 할 틈이 없더라고요."

민우가 힘이 쭉 빠진다는 듯한 표정을 짓는 모습에 퍼거슨의 미소가 더욱 짙어졌다.

"후훗. 그래도 월드시리즈 우승이잖아요."

퍼거슨의 말에 민우가 언제 그랬냐는듯, 미소를 지어 보였다.

"뭐, 그거야 그렇죠."

그러고는 가볍게 헛기침을 하며 퍼거슨을 바라봤다.

"흠흠. 퍼거슨. 저랑 약속한 거 기억하고 있어요?"

민우의 물음에 퍼거슨은 시선을 흘깃 옆으로 돌리며 짐짓 모른 척을 했다.

"무슨 약속이요?"

'훗. 모른 척하는 게 다 티가 나네.'

그 모습에 장난을 치고 싶은 생각이 들었지만 실행으로 옮기지는 않았다.

곧, 민우가 반지를 꺼내 퍼거슨에게 내밀며 미소를 지어 보였다.

"퍼거슨, 오늘 당신의 하루를 사겠습니다."

민우의 손에는 따끈따끈한 2011 월드시리즈 우승 반지가 들려 있었다.

퍼거슨은 언제 시선을 피했냐는 듯, 민우가 내민 반지를 바라봤다.

곧, 퍼거슨의 입가에 지어졌던 미소가 더욱 짙어져 갔다.

그러고는 퍼거슨은 아무런 말없이 조용히 민우의 손을 잡았다.

＊　　　　＊　　　　＊

시간이 얼마나 흘렀을까.

어느새 하늘에는 달빛이 홀로 밤을 밝히고 있었다.

민우와 퍼거슨은 마주 잡은 손만큼 그 거리가 더욱 가까워져 있었다.

나란히 걷던 둘은 어느새 퍼거슨의 집 앞에 도달해 있었다.

아쉬운 듯, 쉬이 손을 놓지 못하던 두 사람 중, 행동을 보인 것은 퍼거슨이었다.

퍼거슨은 아쉬움을 감추듯, 얼굴을 힐긋 쳐다보며 급히 작별 인사를 건넸다.

"오늘 즐거웠어요. 조심해서 들어가요."

그렇게 빠르게 집 안으로 걸음을 옮기는 퍼거슨의 모습에 민우가 곧장 그 뒤를 따라가 퍼거슨의 팔목을 잡았다.

민우가 자신을 잡으리라고는 생각하지 못한 듯, 퍼거슨이 짐짓 놀란 표정으로 민우를 바라봤다.

그 모습에 민우가 가볍게 웃으며 손목에 찬 시계를 들어 보였다.

퍼거슨이 영문을 모르겠다는 듯, 민우와 시계를 번갈아 바라보자 민우가 천천히 입을 열었다.

"9시 26분 11초, 12초, 13초……."

민우의 행동에 퍼거슨이 영문을 모르겠다는 듯, 갸우뚱거렸다.

"지금 뭐하는 거예요?"

그 물음에 민우가 천천히 시선을 돌려 퍼거슨을 바라봤다.

"아직 오늘이 다 가려면 2시간 33분 40초가 남았어요. 지금
도 계속 줄어들고 있고요."

그제야 민우의 말을 이해한 퍼거슨이 옅게 웃음을 보였다.

그러고는 갑자기 민우의 손을 잡아 당겼다.

얼떨결에 그 힘에 딸려 퍼거슨의 눈앞 가까이로 다가간 민
우에게 퍼거슨이 도발적인 눈빛을 보냈다.

"그럼, 우리 집에서 칵테일 한잔 더 하고 갈래요?"

그 물음에 민우가 환한 미소를 지어 보였다.

그 미소가 대답이 된 듯, 둘은 나란히 퍼거슨의 집안으로
들어갔다.

＊　　　　＊　　　　＊

메이저리그 홈페이지를 통해 공식적으로 발표된 민우의 재
계약 소식은 전 세계를 충격과 경악으로 빠뜨렸다.

18년 6억 3,000만 달러(약 7,245억 원).

18년이라는 계약기간 또한 놀라웠지만 그 금액 역시 천문
학적이었다.

단순 계산으로도 매해 연봉으로 3,500만 달러(약 400억 원)를 받는다는 뜻이었다.

이 계약에는 트레이드 거부권과 함께 10년 뒤 옵트 아웃 조항까지 포함되어 선수가 원한다면 언제든지 다시 FA시장에 나올 수 있는 절대적으로 유리한 계약이었다.

이 계약이 체결되면서 민우의 이름은 메이저리그 역사에서 최고 연봉 계약의 가장 윗줄에, 그것도 천만 달러에 가까운 격차를 두고서 이름을 올리게 되었다.

경기장 안에서 수없이 많은 기록을 세운 민우가 이제 경기장 밖에서도 그 누구도 세우지 못했던 전무후무의 기록을 세운 것이었다.

만약 트레이드나 옵트 아웃 행사 없이 민우가 그 계약을 온전히 끝마친다면 그의 나이는 42살이었다.

일각에서는 20년에 가까운 초장기 계약을 맺은 콜레티와 다저스를 미친놈, 얼빠진 인간들로 치부하며 비웃음을 날렸다.

―아직 서비스 타임이 3년이나 남았다고. 다저스는 미친 게 분명해.

―하지만 선수의 사기를 끌어 올리면서 팀에 애정을 쏟게 만드는 데는 돈으로 대우해 주는 것만 한 게 없지.

―하지만 너무 과하다고. FA로 풀리는 걸 감안해도 10년에

3억 달러 정도가 적당하지. 10년 뒤에 민우는 34살이야.

그럼에도 겨우 일 년 남짓한 기간 동안 민우가 보여준 수많은 기록은 그런 계약이 무조건적으로 무모한 것이라는 생각이 들지 않게 만들고 있었다.

─너무 나쁘게 보지는 말자고. 민우가 혜성처럼 나타나면서 우리는 20년이 넘도록 이루지 못했던 월드시리즈 우승을 거머쥐었잖아. 그것도 2년 연속으로!
─맞아. 20년이 넘도록 이루지 못한 꿈을 민우가 이루어 준 거야. 까짓것 18년짜리 계약이 대수겠어? 컵스는 무려 100년 동안 우승을 못했다고. 100년!
─이대로라면 양키스의 5년 연속 우승도 갈아치울지 몰라!
─그뿐이야? 시즌 82홈런은 아무도 깨지 못할 기록이지. 우리 다저스의 이름으로 영원히 남을 기록이라고!
─테드 윌리엄스 이후 아무도 넘지 못할 거라던 4할도 넘어섰잖아! 이런 타자에게 저런 계약을 주지 않는 게 멍청한 짓이지!
─민우는 우리의 보물이야! 다저스는 그를 절대로 다른 팀에 보내선 안 돼.

여기에 도핑 스캔들이 휩쓸고 간 메이저리그에서 스스로의 청정함을 다시 한 번 증명해 냈기에 민우의 계약은 더욱 빛을 발했다.

다저스의 팬들은 이미 맺어진 계약에 대해 왈가왈부하는 것을 빠르게 그만뒀다.

그러고는 다음 시즌부터 민우가 자신들을 얼마나 더 놀라게 만들지 기대에 찬 시선을 보내기 시작했다.

사실 구단의 입장에서도 지출이 큰 만큼 들어오는 수익도 적지 않았다.

민우는 한국 출신의 현역 스포츠 선수 중 가장 핫한 인물이었다.

그 존재감만큼은 한국의 그 어떤 스포츠 스타보다 거대했다.

과거 수많은 스포츠 스타가 있었지만, 결국 사람들의 관심이 더 크게 쏠리는 쪽은 과거가 아닌 현재를 살아가는 스포츠 스타였다.

다저스의 경기 중계권을 시작으로 유니폼 판매, 구단 배너 광고, 투어 관광객 유치 등 부수적인 수입이 크게 늘어날 것은 당연한 사실이었다.

이런 점은 한국에 국한된 것이 아니었다.

슈퍼스타의 존재는 결국 미국을 포함해 세계 전역의 야구 팬들의 관심을 메이저리그의 수많은 팀 중, 바로 LA다저스로 향하게 만들 것이 분명했다.

그리고 민우의 존재는 그 어느 것보다도 가치 있는 것, 바로 월드시리즈 우승을 향후 10여 년간 몇 번이고 이루어낼 수 있는 튼튼한 기반이 될 것이라고 보고 있었다.

*   *   *

시간은 빠르게 흘러갔다.

오프 시즌도 이제 거의 한 달을 채 남겨두지 않고 있었다.

하지만 그 기간 동안 민우의 지위는 완전히 바뀌어 있었다.

구단 제공 숙소를 떠나 새로운 집을 얻었고, 어머니도 미국으로 모셔왔다.

민우는 퍼거슨과 함께 새로운 계약서에 사인을 하던 것이 아직도 꿈만 같았다.

하지만 엄연히 현실이었고, 명실상부 세계 최고의 야구 선수로 인정을 받은 것이었다.

창가에 앉아 밤거리를 바라보고 있던 민우의 시선이 하늘로 올라갔다.

'아버지, 보고 싶습니다. 아버지가 계셨다면 얼마나 기뻐하

셨을지 눈에 선합니다. 비록 이곳에서 볼 수는 없지만, 그곳에서 끝까지 지켜봐 주세요.'

민우의 시선은 하늘에서 홀로 빛을 내뿜고 있는 보름달에 고정되어 한동안 움직이지 않았다.

"초대형 계약의 주인공이 왜 그렇게 슬픈 표정을 짓고 있어요? 조금 더 받을 걸 그랬나요?"

그런 정적을 깬 것은 침대에 비스듬히 누워 있던 퍼거슨이었다.

민우는 퍼거슨의 목소리에 창가에서 시선을 돌리고는 가볍게 웃어 보였다.

"그럴 리가요. 계약보다 더 소중한 걸 얻었는데요?"

민우가 그 말과 함께 천천히 침대로 다가가자, 퍼거슨이 미소를 지은 채, 이불 옆을 가볍게 두드렸다.

"어서 와요."

에필로그

웅성웅성.

뉴욕 주 쿠퍼스 타운에 마련된 헌액식장에는 과거 그 어느 때보다 많은 인파가 가득 모여 한 인물의 명예의 전당 입성을 축하해 주고 있었다.

"지금부터 2036 명예의 전당 헌액식을 거행하겠습니다."

진행자의 안내와 함께 명예의 전당에 헌액될 선수들이 한 명씩 동판을 수여받고 감사 연설을 하기 시작했다.

＊　　　＊　　　＊

10대 후반쯤 되어 보이는 소녀가 뚫어져라 무대를 바라보고 있었다.

그리고 한 선수의 연설이 끝난 뒤, 다음으로 호명되는 이름에 소녀의 금발 머리가 크게 찰랑거렸다.

"엄마! 아빠 나왔다! 아빠~"

소녀의 외침에 소녀와 나란히 앉아 있던 금발 여성이 연하게 미소를 지으며 무대를 바라봤다.

무대 위에는 자신이 사랑하는 이가, 그 얼굴이 새겨진 동판을 들고 환한 미소를 짓고 있었다.

근 5년 만에 정장을 꺼내 입은 그 모습이 너무나도 멋져 보였다.

동판을 들고 감사 연설을 위해 자리를 옮기던 민우는 자신을 바라보는 가족들을 발견하고는 더욱 환한 미소를 지어 보였다.

곧, 민우가 연단에 오르자 그를 향한 무수한 박수갈채가 쏟아졌다.

민우는 자신의 이름을 연호하는 많은 이들을 바라보며 뿌듯한 미소를 지어 보였다.

*　　　　*　　　　*

메이저리그 통산 20년.

3,003게임 출장.

13,128타석 9,989타수 4,334안타.

타율 0.434, 1,121홈런, 출루율 0.561, 장타율 0.859, OPS 1.420, 2,731타점, 3,098득점…….

해를 거듭할수록 새로운 기록을 써 내려가며 민우는 명실상부 메이저리그 최고이자 전설로 남을 선수라는 입지를 군혀 갔다.

특히 배리 본즈의 통산 762홈런을 가뿐히 뛰어넘은 것도 모자라 최초의 1,100홈런 고지를 넘어섰다.

팀으로서도 최고의 기록을 남겼다.

10, 11시즌 2년 연속 월드시리즈 우승을 시작으로 12, 13, 14시즌까지 5년 연속 월드시리즈 우승을 달성한 것을 포함해 총 13번의 월드시리즈 우승과 6번의 준우승을 달성하며 LA다 저스를 새로운 '제국'으로 만들어냈다.

명실상부 유일무이의 메이저리거로 역사에 이름을 남긴 것 이다.

그리고 이런 기록은 은퇴 이후 맞은 첫 번째 명예의 전당 입성 기회에서 명예의 전당 최초의 100% 득표율 입성이라는 결과로 이어졌다.

민우는 선수 은퇴 5년 만에 또 하나의 신기록을 달성했고 자신의 야구 인생 최종 목표를 화려하게 달성하며 유종의 미를 거뒀다.

『메이저리거』 완결

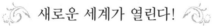

초대형 24시 만화방

신간 100%, 샤워실, 흡연실, 수면실(침대석), 커플석, 세탁기 완비

▪ 시흥 정왕25시점 ▪

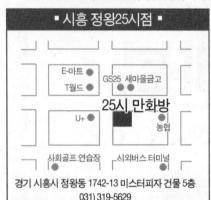

경기 시흥시 정왕동 1742-13 미스터피자 건물 5층
031) 319-5629

▪ 강북 노원역점 ▪

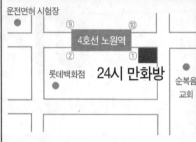

서울 노원구 상계동 340-6 노원역 1번 출구 앞 3층
02) 951-8324 (화용빌딩 3층)

▪ 일산 정발산역점 ▪

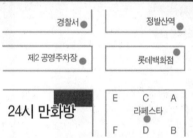

라페스타 E동 건너편 먹자골목 내 객잔건물 5층
031) 914-1957

▪ 일산 화정역점 ▪

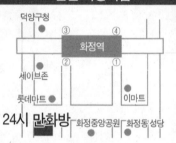

경기도 고양시 덕양구 화정동 984번지 서일빌딩 7층
031) 979-4874 (서일사우나 건물 7층)

▪ 부천 역곡역점 ▪

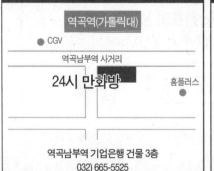

역곡남부역 기업은행 건물 3층
032) 665-5525

▪ 부평역점 ▪

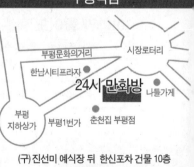

(구)진선미 예식장 뒤 한신포차 건물 10층
032) 522-2871

검은 천사

임영기 장편소설

FUSION FANTASTIC STORY

90년대 말, 무너지는 체제 속
살길을 찾아 북한 땅을 탈출하는 주민들.

국경지대에는 고통이 가득했다.
굶주림과 차별, 그리고 위협……
그 속에서 탈북 주민 조은애는 브로커에게 목이 졸려 죽고

그녀의 염원은 기적을 불렀다.

운명의 부름을 받은 한국의 청년 최정필.
두만강을 오가며 탈북자들의 검은 천사가 되다!

Book Publishing CHUNGEORAM

유행이 아닌 자유추구 -
WWW.chungeoram.com

미러클
테이머

인기영 장편소설

FUSION FANTASTIC STORY

MIRACLE
TAMER

이계로 떨어져 최강, 최고의 테이머가 되었다.
그러나… 남은 것은 지독한 배신뿐.

배신의 끝에서 루아진은 고향, 지구로 되돌아오게 되는데…….
몬스터가 출몰하기 시작한 지구!
그리고 몬스터를 길들일 수 있는 테이머 루아진!
그 둘의 조합은……?

『미러클 테이머』

바야흐로 시작되는
테이머 루아진과 몬스터들의 알콩달콩한
대파괴의 서사시!!

Real Publishing CHUNGEORAM

유랑이 아닌 자유추구 -
WWW.chungeoram.com

이모탈 퓨전 판타지 소설
FUSION FANTASTIC STORY

용병들의 대지
Road of Mercenaries

이 세계엔 3개의 성역이 존재한다.
기사들의 성역, 에퀘스.
마법사들의 성역, 바벨의 탑.
그리고… 그들의 끊임없는 견제 속에 탄생하지 못한

『용병들의 대지』

전쟁터의 가장 밑을 뒹굴던 하급 용병 아론은
이차원의 자신을 살해하고 최강을 노릴 힘을 가지게 된다.

그의 앞으로 찾아온 새로운 인생!
아론은 전설로만 전해지던
용병들의 대지를 실현시킬 수 있을 것인가!

Book Publishing CHUNGEORAM